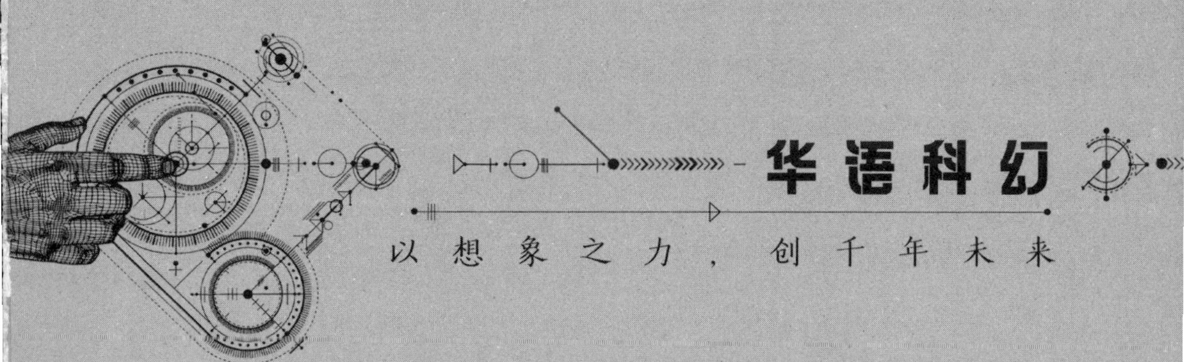
华语科幻
以想象之力，创千年未来

金涛科幻精品系列

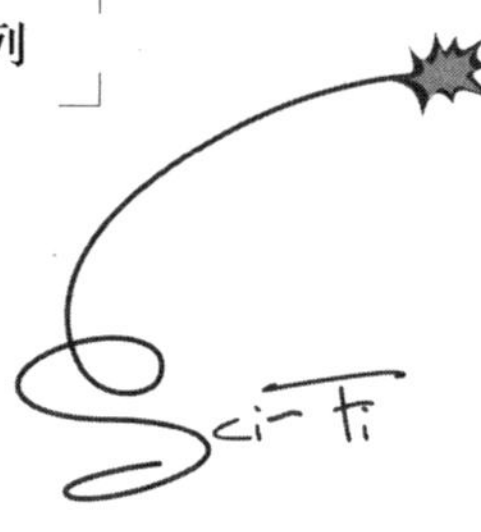

冰原迷踪

金 涛——著

科学普及出版社
·北 京·

图书在版编目（CIP）数据

金涛科幻精品系列 . 冰原迷踪 / 金涛著 . -- 北京 : 科学普及出版社 , 2024.1

（百年科幻）

ISBN 978-7-110-10618-1

Ⅰ . ①金…　Ⅱ . ①金…　Ⅲ . ①幻想小说—小说集—中国—当代　Ⅳ . ① I247.7

中国国家版本馆 CIP 数据核字（2023）第 084613 号

策划编辑　曹　璐　王卫英
责任编辑　王卫英
封面设计　书香文雅
正文设计　书香文雅
责任校对　吕传新　张晓莉
责任印制　徐　飞

出　　版　科学普及出版社
发　　行　中国科学技术出版社有限公司发行部
地　　址　北京市海淀区中关村南大街 16 号
邮　　编　100081
发行电话　010-62173865
传　　真　010-62173081
网　　址　http://www.cspbooks.com.cn

开　　本　720mm × 1000mm　1/16
字　　数　819 千字
印　　张　57
版　　次　2024 年 1 月第 1 版
印　　次　2024 年 1 月第 1 次印刷
印　　刷　天津泰宇印务有限公司
书　　号　ISBN 978-7-110-10618-1 / I · 665
定　　价　180.00 元（全 6 册）

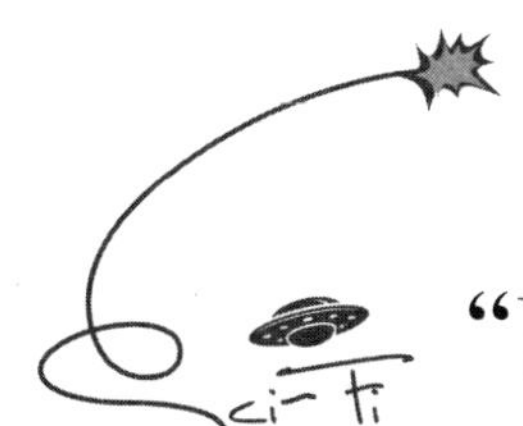

“百年科幻”编委会

总 序

科幻引领未来

“百年科幻”是由中国科普作家协会科幻创作研究基地主编的大型科幻系列图书项目。项目工程浩大，计划将过去、现在以及未来的国内外优秀科幻作品都囊括进来，打造成一个可持续的出版系列。

科幻是科学与文学融合的产物，它不仅能激发人们的想象力，更能给人们以深刻的科学启示，唤起人们对科学的兴趣，培养人们的科学精神。自1818年英国作家玛丽·雪莱创作《弗兰肯斯坦》起，世界科幻已走过200多年的发展历程。中国科幻作为世界科幻板块中的重要组成部分，渐渐发展成一支越来越活跃的生力军。从1904年荒江钓叟的《月球殖民地小说》发表至今，中国科幻已有近120年的历史，这100多年的发展并不是连续的线性发展，而是呈现出点状分布，时断时续，直到20世纪90年代，才呈现出持续发展的状态。在本土化进程中，中国科幻从学习西方科幻到输出本土科幻，已经走向成熟。以王晋康、刘慈欣、韩松为代表的科幻作家的创作，早已跻身于世界科幻领域的顶级作品之列。

科幻的发展从根本上说与国家科技发展密切相连。现在科幻越来越受到中国读者的喜爱，越来越获得国家的重视，这些都为科幻创作提供了良好的社会环境。中国科幻每年的创作数量也在明显增加，这也是非常可喜的局面。

故此，我们计划在此前出版的《百年中国科幻小说精品赏析》的基础上，推出“百年科幻”系列。在编选出版的定位和特色上，“百年科幻 ”系列既与前者有密切关联，又有其鲜明的独特风貌。主要体现在以下几点：

一、突出史诗性。以世界百年科幻历史长河为线索梳理和编选作家作品，以不同历史时期产生重要影响力的作家作品为对象，遴选经典和优秀之作。

二、强调专题性。对各个时期科幻作家的代表性作品进行专题编辑，彰显其创作特色和文学风格，向广大读者呈现科幻作品独特的文化魅力。

三、立足中国当下，关照未来。在梳理和编选科幻经典的同时，我们的侧重点是立足中国当下，关照未来。希望能够汇聚当下科幻作家的优秀之作，挖掘出更多青年新锐作家的优秀作品，丰富和壮大科幻创作的规模，使科幻创作宛如大河流淌，使科幻历史的长河因强大的新生力量而变得更加波澜壮阔。

借由“百年科幻”系列图书的持续出版，希望能够提振和鼓舞科幻作家的创作信心，为广大读者提供优质的科幻读本，为科幻爱好者及理论研究者提供可资参考的文学样本。希望“百年科幻”系列在促进中国科幻事业的繁荣与发展方面贡献力量。

以上是打造“百年科幻”系列的目标和愿望。

王卫英

2022年5月

目
录
Catalogue

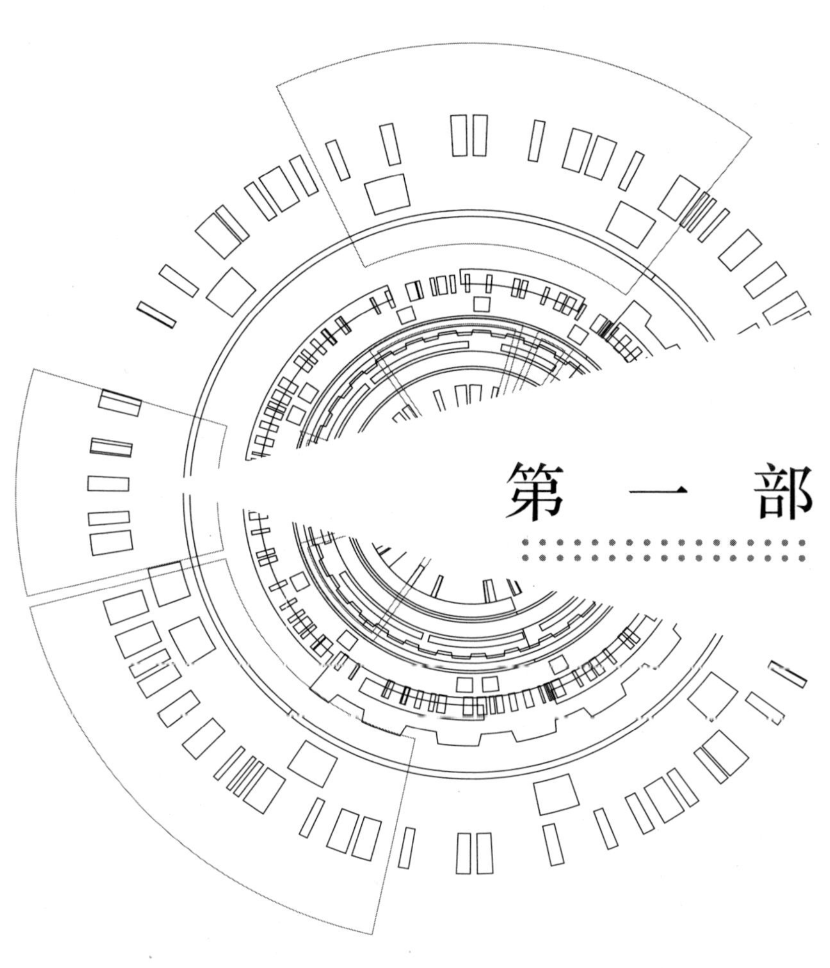

第一部

一 

一个晴朗无云的日子。

一架轻型的白色座舱的直升机，像一只美丽的蜻蜓在林立的高楼大厦的上空盘旋。

阳光在它的机翼上闪烁，它灵巧地擦过一座座挺立的屋顶，穿过一条车水马龙的大道的上空，像钻进两山夹峙的昏暗峡谷。不一会儿，直升机稳稳当当地停在一幢60层高的茶色建筑物顶层，那里是一个标准的停机坪。

舱门打开，戴着飞行头盔的驾驶员先跳下来，随即从后座走下一个穿藏蓝呢大衣的男子。他戴一顶呢制帽，古铜的脸色，眼睛眯缝着。当他尾随驾驶员朝楼顶的入口走去时，特意转过身朝四周打量一番，似乎是侦察他的船位、航向和周围的海况。

驾驶员是个沉默的小伙子，走到楼顶的电梯门前，他将来人交给在那里迎候的一个穿黑西服的年轻人，那人微微一笑，开口道："沈船长，辛苦您了。"说罢，主动地伸出手来。

来人是沈志挺，退休的老船长。一身笔挺的旧呢制服和擦得锃亮的铜扣子，记录了他大半生不平凡的航海经历，他到过世界上所有的海洋，去过所有的大港口。在航海界，提起沈志挺的大名，人们都会不约而同地伸出大拇指。

但是他不认识面前这个年轻的官员，也不知道直升机把他从海边的家里急如星火地接到北京来的原因，所以当他勉强地和对方礼节性地握手时，他瓮声瓮气地问道："这是到哪儿啦？你是谁？"

在急剧下降的电梯里，年轻官员只是淡淡地答道：“国家科技调查部……我嘛，只是一个小秘书，待会儿您就知道……”

沈志挺当然知道国家科技调查部是主管全国科技调查的首脑机关，权限很大，可是这和他一个小小的船长有何关系？何况他已办了退休手续，现在唯一的兴趣是每天划着小舢板钓鱼，“渔翁之意不在鱼”，他常以此自嘲。听听海浪的喧声，任凭海风吹拂着满头白发，老船长便心满意足……这个什么调查部凭什么打扰他宁静的生活呢？

没等沈志挺深想下去，电梯停住，年轻官员领他穿过了铺着地毯的长长甬道，然后走进一间灯火通明的房间。

沈志挺的眼睛四下张望，只见房间呈阶梯形，有一排排椅子，稀稀拉拉坐着七八个人，当他在前排的座位上落座时，有人在扩音器中说：“关灯，现在开始！”

房间骤然暗下来，前面墙上的一个长方形的荧幕出现了忽明忽暗的模糊影像。

荧幕上很快出现了大雪纷飞的画面：积雪盈尺的街道、夜幕中的大街、两旁店铺的霓虹灯和五光十色的橱窗灯火。人们踏雪逛街，小汽车在积雪的街上艰难地行走，一群裹得严严实实的孩子在雪地里堆雪人、打雪仗、追逐奔跑……

沈志挺的眼睛渐渐习惯了黑暗，他忘记了刚才的不快，眼前的画面使他的心情变得轻松愉悦起来。他像许多老航海一样，懂多种语言，到过许多地方，所以刚刚出现镜头，他便立刻看出这是日本北海道的首府札幌一年一度的雪节。当年，那是他年轻的时候，他还是船上的二副，他们的船停靠在石狩湾的小樽港卸货，他和几个要好的船员去札幌玩儿了几天，正好赶上了当年的雪节。市中心大通公园的雪雕艺术展览、真驹内的游艺活动，还有国际广场各国参赛的大型雪雕，好像也有中国参赛的作品……他想起在札幌一家温馨的小酒店度过的无忧无虑的晚上，他们在寂静的森林里踱雪漫步的情景，在乡村旅馆热气腾腾的温泉沐浴的氛围，历历往事，

使他恍若梦中。

忽地，画面转换成滑雪的竞技场面，技艺高超的选手在陡峭的雪坡上飞驰，越过一个个障碍。这是冬季奥运会竞赛的场面，他没有亲眼看过，但札幌在雪节期间经常承办冬季奥运会他是知道的。那里的雪大雪厚，他可是亲身领教过，他很喜欢北海道冬天洁白晶莹的世界。

屏幕上出现了观看比赛的人群。在寒风凛冽、满天飞絮的山坡，临时搭起的看台上拥挤着男男女女的观众，多数是当地人，还有不少专程前来的外国人。摄影师似乎是有意捕捉观众的情绪，镜头缓慢地推进，掠过一张张兴奋、激动、天真、纯情的脸孔，有满脸稚气的日本男孩女孩，也有大声喊叫助威的啦啦队，他们头缠白布条，挥动旗子，也有吹吹打打的乐队和冻得脸色通红的老人和女人……

突然，镜头凝固不动，定格在观众中一个男人的身上。这时，扩音器传来画外音："各位领导请注意，就是这个人！"随着画外音，这个男人占的镜头越来越大，逐渐扩大他的脸部，以至于他的脸部占满了偌大的屏幕。

沈志挺不由得探身凝视画面，眼睛睁得大大的，画面由模糊变得清晰，显然是经过了计算机处理，所以毛发毕现，轮廓非常清楚。

这是一个上了年纪的日本人，大约五十岁，圆脸，扁鼻子，戴一顶手织的毛线软帽，颏下留有一寸多长的短髭。由于他戴着一副挡雪光的变色镜，所以显得有点儿神秘。

"现在大家再注意，我们稍稍做些技术处理。"画外音又说。

这时，画面中的日本男子摘掉了变色镜，现出了他的庐山真面目，他长着小眯缝眼，笑容可掬，一副高深莫测的谦卑表情。面对这个人，还有他特有的笑容，沈志挺的后脊梁像触电一样掠过一阵痉挛，他太熟悉这个日本人了。

"沈船长，您认出来了吗？"坐在沈志挺身边的一个人询问道。

沈志挺没有回答，也没有注意谁坐在他旁边，仍然目不转睛盯着屏幕上的日本人。

“请问，这是什么时间拍的片子？”他突然问道。

扩音器中有人立即答道：“这是上个月北海道电视台现场直播的新闻，NHK（日本放送协会）的卫星频道向全球转播，时间过去不到一个月……”

“不可能，绝对不可能……”沈志挺一反常态地嗫嚅道。他无法面对这个残酷的现实，因为在他的记忆里，这个日本人，还有另外的人早已不在人世了。

但是，坐在他身边的那个人依然咄咄逼人地询问：“沈船长，您为什么说不可能？这个人究竟是谁？”

黑暗的演播厅突然静寂无声，似乎所有的眼睛都转向沈志挺，他仿佛看见黑暗中一双双闪光的眼睛，这使他想起北海道旷野中的狼群。

“他……他是吉野荣夫，日本很有名的极地科学家……”说完这句话，沈志挺觉得一阵晕眩，连他自己都难以相信这样武断的结论。

房间里灯火突然明亮，亮得让人睁不开眼。

沈志挺慢慢睁开眼睛，发现身旁坐着的人此刻站在面前，躬身向他伸出手来。

“沈船长，太谢谢您了，您给我们帮了大忙……”那人的脸上漾出笑容，话说得很诚恳。

“您是——”沈志挺慌忙站起，和对方握了握手。

在电梯上迎候他的那位年轻官员从身后探过头来介绍道：“这位是国家科技调查部部长——”

“谢——士——元。”部长颔首，“很高兴见到您，请您到我办公室来，有好些事还要请教沈船长……”

此刻沈志挺才发觉，演播厅里都是些大大小小的官员，他有点儿受宠若惊，更多的却是莫名其妙，难道因为这么一档子事，就把他从老远老远的地方接来，还派了一架专机？他实在想不通里面的奥妙……

二

部长办公室使沈志挺想起船上的驾驶台，一溜儿落地的茶色玻璃窗从不同角度将城区居高临下地摄入眼底，又将城市的喧嚣挡在外面。房间布置得舒适而又考究，居中位置的柚木大写字台气势不凡，颇像船长发号施令的位置，不同的是，那里摆着一排五六部电话和整整一面墙大的电脑屏幕，象征着房间主人的权力和显赫地位，因为这里连接着中国的首脑机关，同时又沟通着每一个科研基地、每一艘在大洋航行的考察船和每一颗绕着地球旋转的科学卫星。

房间的另外一半是部长接待客人或者与同僚议事的地方，围成一圈的意大利皮沙发放在玻璃大茶几的四周，屋角摆着几盆绿茵茵的名贵花木，倒是自成格局，情调比较优雅。

当谢士元和沈志挺前后脚进入办公室时，只有那个穿西服的年轻官员尾随而至。沈志挺这才知道，他姓王，是部长的秘书，一个办事干练的年轻处长。

“沈船长，请随便坐——”谢士元将沈志挺让到沙发上，随即脱去上身的西服外衣，挂在衣架上。

他身材修长，脸皮白净，颇有学者风度，但他年纪不大，四十刚出头，眉宇之间透出少年得志的心态。此刻，他穿一件咖啡色开司米绒衣，斜靠在沈志挺对面的沙发上，这番打扮和做派，倒是减少了沈志挺的心理压力。他像个谦恭的晚辈，特地来向沈船长请教，而不是以部长之尊对下级施以询问之责。

王秘书在一旁斟茶倒水。沈志挺毕恭毕敬地端坐在软塌塌的沙发上，不改海员的本色。

“什么人都别让进来，我和沈船长好好聊聊。”谢士元吩咐秘书。

他从秘书手里接过保温杯，抿了一口，双手捧着那个金属的杯子慢慢转动。

“……沈船长，您最后一次见到吉野荣夫是什么时候？”谢士元漫不经心地问，但问题却是经过一番深思熟虑后提出的。

沈志挺对这个问题早在意料之中，不过，吉野荣夫骤然出现在札幌的雪节，却是他连想也不曾想过的。在他的记忆深处，埋藏着一段非常非常痛苦的经历，他一生漂洋过海，业绩辉煌，只有这一次兵败麦城，他最不愿去揭这个伤疤。

抬头望了望对方，谢士元正用平静的目光注视着自己，沈志挺用舌尖舔了舔干燥的嘴唇。

“我当然记得。十年前，对，整整十年，我当时是‘海豹’号破冰船船长，我们奉命去南极洲，具体目的地是南纬七十度的毛德皇后地，我们的任务是接回希望站的全体科学家。你大概知道，希望站是一个国际科学考察站，科学家来自各国，有中国人、日本人、阿根廷人、美国人、以色列人、智利人，还有一名法国人……”

“那个中国人是不是叫桑岩，搞冰川研究的？”谢士元轻声问。

“是的，桑岩是考察队队长，还兼希望站站长。”沈志挺语气肯定地答道。

“请您接着往下说……”

沈志挺对那次在南极洲的漫长航程记忆犹新，虽然时间过去了整整十年，他却无法抹去脑海中留下的痛苦记忆。他对科学家们在南极的使命并不太了解，这不在他的职责范围之内。他只是像军人一样服从命令，按照规定的航线，把船开到预定的地点，把那些计划撤离的科学家安安全全地接上船，将他们载到指定的港口——他的责任就尽到了。

可是这一次，沈志挺并没有顺利地完成他的使命。他记得，“海豹”号渡过南大洋的时候遇到了可怕的风浪。那年春天的海况非常差劲，漂浮的巨大冰山和连成一片的白茫茫浮冰都在阻挡着船只的前进。“海豹”号虽然是艘很不赖的破冰船，却无法和巨大的冰山抗衡。金字塔形的冰山、小岛一般大小的桌状冰山，像是一艘艘敌舰摆开阵势，挡住了他的航道。虽然景色蛮漂亮，船员们大饱眼福，可他作为船长却几天几夜没敢合眼。

到达南纬六十度的时候，风浪越来越大，极地气旋卷起暴风雪，导致“海豹”号无法按原计划抵达预定地点。海上风雪弥漫，能见度不足一百米，狂暴的涌浪使船只随时都有倾覆的危险。这时，“海豹”号距离希望站所在的冰岸还有三天的航程，根据无线电接收的信息，希望站处境相当危险，暴风雪几乎将希望站掩埋，大雪封门，站上的人困在考察站已经一个多星期了。

“……我收到桑岩队长的传真，知道考察站和我们的处境一样糟糕。在无线电通话时，桑岩队长忧心忡忡地告诉我，希望站建在海边陡峭的冰崖上，海湾的风浪很大，从接收的气象资料分析，近期天气非常糟糕，还有进一步恶化的趋势，”沈志挺继续说，“所以，在当时的紧急情况下，我决定昼夜兼程，加大马力开往希望站所在的莫索尔海湾，尽管这样要冒很大的风险，‘海豹’号很可能出现意外。但除此之外，也没有别的选择。”

听到这里，谢士元从沙发上站起来，默默地走到窗前。

“我尽了最大努力，用了四天四夜赶到莫索尔海湾，事先我通知了桑岩队长，让他们做好撤退的准备，最要紧的是清理站前的空地，清扫积雪，因为直升机将在那里降落……”

突然，谢士元回过头，接过话茬儿说：“我知道，您派去的直升机在天气好转时飞到希望站，第一次接走了四名科学家，还有三名科学家准备下一航次接走，这时突然发生了可怕的冰崩。”

“是这样的。一切来得太突然了，希望站的几幢集装箱式房屋，连同那座高高的冰崖，像散了架一样土崩瓦解。‘海豹’号幸亏离岸较远，否则后果不堪设想。当时直升机刚刚升空，机上的驾驶员和四名科学家目睹了这一幕悲剧……太可怕了……”沈志挺说着说着，声音哽咽起来。

“当时直升机上有一位科学家无意中用摄像机拍下了这个场面，留下了这幕悲剧的珍贵资料。”望着窗外的谢士元补充道。

“你全都知道？”沈志挺抬起泪光闪闪的眼睛，望着对方的背影，小声地问。

谢士元未置可否，没有吱声。

过了片刻，谢士元走向写字台，他那修长的手指娴熟地敲击着电脑的键盘，神情专注地盯着墙上的荧光屏。

“沈船长，您看——”谢士元唤道。

沈志挺转过脸，荧光屏上出现了他十分熟悉的画面。

一望无际的银色冰原，高低起伏的山岭被冰雪淤平，轮廓柔和而妩媚。洁白晶莹的大地，没有一点儿瑕疵，令人赏心悦目。随着镜头移动，狂风疾走，一团团雪花飞驰，在冰原勾画出风吹的痕迹，这时出现了孤零零的灰黑色的建筑，周围堆着很深很深的雪，出现了杂乱的辙印和清理积雪后的空地，建筑物呈“凸”字形，从上向下俯瞰，看得十分真切。不用说也猜得出来，这是希望站的鸟瞰图。

沈志挺这时才猛然想起，这是在直升机上拍摄下的镜头，可以看见掠过雪地的直升机的影子。难道这就是当时那位科学家在直升机上拍摄的那盒录像带？

他的血液涌上太阳穴，呼吸变得急促起来，不由得探身盯着荧光屏。

他看见了陡峭的冰崖，像城墙一样屹立海湾的冰崖发出幽蓝幽蓝的寒光；冰层像奶油蛋糕，一层一层的，轮廓分明；石钟乳般的冰溜倒悬着，像一柄柄锋利的刀剑；冰崖底下的海水深蓝发绿，如一泓碧玉，起伏，跳跃，摇荡……忽地，画面一片混乱，天旋地转。几分钟过后，乳白色的雪

雾像蒸汽一样占据画面，接着是大块大块的冰崖坍塌，像阳光下融化的冰激凌，飞快地轰然倒下，一块块，一片片，速度越来越快，继而是整座陡崖像一座大山一样倒塌下来，掀起巨浪，掀起漫天雪雾……

谢士元敲击键盘，画面消失。他抬头，目光与沈志挺不期而遇。

“情况就是这样，希望站整个儿毁了，我们后来派出直升机搜索，飞了好几个航次，都没有发现希望站的踪影，海湾里也没有发现希望站的遗物，连一块木板、一个瓶子也没有找到……”沈志挺的心情十分沉重，那次惨痛的经历对他刺激太大，他什么时候都忘不了。

“来，沈船长，您歇会儿。”谢士元同沈志挺回到沙发坐下后，继续说，“我之所以请您再看看当年的录像带，是为了帮助您回忆一些细节，毕竟这是十年前的事情……”

“你放心，我的记忆力很好，尤其是这次南极航行，刻骨铭心，任何细节都忘不了。”沈志挺表白道，他可不服老。

“这我相信。那么，您是不是可以肯定，当时在希望站还有三位科学家？”

“绝对没有问题，这是后来反复清点过的。我记得后来还在报纸上公布了的……”

“不错，各国的新闻媒体都有报道，我这里储存了这些资料。”谢士元的手指轻轻地敲着茶几上的玻璃板，说，“但是，据我所知，您这次开船去接希望站的科学家，始终没有见到留在站上的三个人，是不是这样？”

谢士元抬起眼睛，沈志挺感到他的目光异常严峻，有一种咄咄逼人的气势。他也是很聪明的人，立即意识到这位年轻的部长对他的回答并不十分相信，至少还有疑虑。

沈志挺不慌不忙，淡淡一笑：“谢部长，你说得一点儿不错。我是‘海豹’号的船长，当然只能守在我的岗位上，我的岗位就在驾驶台，因为当时天气很差劲，海况也不好，时间不允许我随直升机去希望站。不过，我对那三位留在站上的科学家都很熟悉，桑岩队长不用说了，我们是老朋友，我和日本极地科学家吉野荣夫，还有一位以色列人——他叫哈迪姆，也是老熟人。”他侃侃而谈，毫无顾忌，“所以，刚才看见札幌雪节的电视画面，我一眼就认出了吉野荣夫，虽然他老了，老多了，但模样还是没变……”

“这样说来，您以前见过吉野荣夫？”谢士元打断他的话，追问道。这是他最关心的，因为在他的信息库里并没有这方面的资料。

在他看来，根据掌握的档案资料，沈志挺只是在照片上见过吉野荣夫。希望站毁于冰崩后，“海豹”号派去直升机搜索，结果一无所获，希望站和留在站上的人全部被埋在坍塌的冰崖之中，没有生还的可能。在一切努力宣告失败后，沈志挺不得不断然放弃了继续寻找——当时的情况也不容许“海豹”号再拖下去，气温急剧下降，海上的冰情越来越严重，冰山四处埋伏，他们的处境极其危险。几天后，“海豹”号撤出莫索尔海湾，踏上了返航的旅程……

这些情况，谢士元很清楚，他调阅过所有的档案资料。

所以，他判断沈志挺没有见过吉野荣夫。但作为当事人，沈志挺对吉野荣夫会有印象，他见过吉野荣夫的照片，也见过科学家们拍摄的站上生活的录像带，那里面也有吉野荣夫的一些镜头。

因此，当科技调查部的情报部门获悉吉野荣夫出现在札幌这一重要情况，谢士元和他的属下首先想到了“海豹”号船长沈志挺，必须请当事人鉴别此人是否确实是吉野荣夫，这是问题的关键所在。

可是，谢士元没有料到沈志挺一眼就认出了吉野荣夫，而且对他相当熟悉。唯一合理的解释只能是科技调查部的情报工作还有疏漏，作为一项秘密计划的决策人，谢士元绝不允许出现这样大的疏忽。

“这帮饭桶，他们是干什么吃的，对沈志挺的情况一点儿也不了解……”他心中暗暗骂道。

不过，他对沈志挺仍是和颜悦色，谦恭地坐在他对面，像个老实巴交的小学生。

沈志挺没有想那么多，坦诚地说："事情是这样的，希望站的科学家们出发时，是在此之前两年，'海豹'号奉命送他们去毛德皇后地。他们在上海集合后，登上'海豹'号。我记得是当年的11月20日从黄浦江启航的。除了运送他们到目的地，我船还有其他的任务，主要是为我国在南极洲的四个科考站补充食品和燃料。一路上都很顺利，我们穿过台湾海峡、马六甲海峡，进入南半球，12月中旬抵达澳大利亚的霍巴特港，那是塔斯马尼亚州的首府。在霍巴特港停了三天，'海豹'号继续向南航行，不料在第三天穿过西风带时遇到特大风暴。我在海上漂泊了三十多年，不止一次遇到过狂风恶浪，但都没有这次西风带的风浪险恶。这一带号称'船只的坟墓'，不知有多少航船在这里葬身海底。由于大浪大涌，船只颠簸摇晃，像一个脆弱的蛋壳随时可能被击碎。最糟糕的是，固定在后甲板的两架直升机在风浪中撞坏了，有一架机翼折断，另一架尾翼和螺旋桨损坏得很厉害。'海豹'号的情况也不妙，主机屡屡出现故障……结果只好打道回府，又回到霍巴特港。"

沈志挺端起茶杯，喝了几口，继续说："当时的情况，'海豹'号必须修理，直升机也要换，这都不是十天半个月能办妥的。但桑岩队长他们等不了，因为莫索尔海湾1月底就将封冻，他们必须在此之前登上毛德皇后地……"

这时，谢士元恍然大悟，他扬起右手，示意对方不必再讲了。

"明白了，他们改乘澳大利亚南极局提供的'达尔文'号考察船前往毛德皇后地了，是这样吧？"谢士元说。

"一点儿没错。我和希望站的全体科学家在海上生活了一个多月，当然对他们每个人都非常了解。"沈志挺答道。

谢士元站起来，对一旁默默无言的王秘书说："你安排沈船长到宾馆休息，派一辆车，由沈船长支配……"他回过身，笑容可掬地向沈船长道谢，"非常感谢您的帮助，有事请和王秘书联系。"

沈志挺握了握他伸出的手，意欲退出办公室，忽然，他停住脚步：“谢部长，我冒昧地提一个问题……”

“请讲——”

“吉野荣夫明明是十年前在那次冰崩中丧生的，怎么可能今天又出现了呢？”老船长终于吐出胸中的疑问。

谢士元双眼直视对方，沉吟半晌：“老船长，您问得很好，这正是我们感兴趣的问题。”

三

东方泛出鱼肚白的蒙蒙亮光，铁道两旁是积雪未消融的农田，乳白色的晨雾还像幽灵一样游荡。这时，一列草绿色的列车大声喘息着，车头射出的灯光拨开挡住视线的浓雾，在一个小小的站台停了下来。

北方的早春颇有寒意，从砖台筑成的小车站走出的信号员脖子缩在棉大衣领子里，睡眼惺忪地走着，站台上薄薄的残雪在他的皮靴下咯吱作响。

列车最后一节的邮车拉开了门，押运员吆喝着，扔下几包邮袋。

一辆电瓶车从信号员身旁擦过去，驶向前面的邮车，信号员冷不防地闪过一旁。“你小子一大早找死呀……”他嘴里不干不净地骂了起来。电瓶车回报的是一阵戏谑的笑声。

这趟车在小站只停三分钟，因为到站的时间太早，上下客人一向很少。所以当信号员走到软卧车厢门前，见到踏板上走下一个裹在呢子大衣里的乘客时，他立即劝阻道：“马上开车啦，回去吧——”

那个乘客未加理会，双脚落在站台上，将披在肩上的大衣穿好，这才抬起头淡淡地说："我在这儿下车。"

信号员好奇地打量对方。这人年纪不小，头发花白，古铜色的脸膛上镶嵌着一双老是眯缝着的眼睛。也许是晚上没有睡好，他神色有些疲惫，但他很讲究仪表，下车前刮了胡子，脸颊光洁泛青，显得年轻多了。信号员一看他的打扮，心里立刻猜出七八分，因为他那身藏蓝色的海员制服，还有头上那顶镶有铁锚标记的制帽，早就说明他的职业了。

此人正是沈志挺船长。

列车从身旁徐徐开走，消失在晨雾笼罩的田野，沈志挺拎着一个轻便的小旅行箱，走向空无一人的车站。

信号员是个饶舌的人，在一旁搭讪道："您口音不像本地人，以前来过这儿吗？"

沈志挺不紧不慢地走着，像在舰桥上漫步，目光却是狐疑和困惑。他本不想和陌生人搭腔，这时却忍不住问道："以前，车站好像不在这儿，我记得车站很不赖，是两层楼，怎么现在这么破破烂烂？"

"哦，你以前来过。"信号员好像遇到了老熟人，如数家珍地侃了起来，"还不是涨水闹的，我刚参加工作那阵儿，车站离这儿还有五里地，那是八年前的事了。后来不知道咋回事儿，海水上涨，一个星期的狂风暴雨，海水像钱塘江的大潮呼啦啦往上涨，见什么冲什么，海边的渔村连人带房子卷走了，果园农田淹了，沉入大海……连我爹我爷爷也没见过那么大的海潮，几丈高的浪头齐刷刷地冲过来，早先的车站您是见过的，钢筋水泥的房子，几百年也毁不了，可海潮冲过来，立刻跟沙子堆的玩意儿一样土崩瓦解，铁轨也拧成了麻花儿，水塔还有货场全都冲得无影无踪……这条铁路断了一年多，后来就移到这儿，重新铺轨，车站马马虎虎瞎凑合，听人说海水还得涨，说不定过几年咱们这儿也得沉到海底……"

沈志挺的心也猛地下沉，下沉……

这些年，老船长解甲归田，足不出户，对世事越来越淡漠了。电视，偶尔也看看，每当电视里报道各地海水上涨、陆地淹没的消息，他只当是地球上每时每刻发生的股票上涨、军人政变一样，这些与他无关，离他很远很远。他累了，像一艘锈迹斑斑、机器磨损的旧船，如今只想在避风港里了此残生。对于防护堤外的风浪，他想得很少，也不想打听了。但是，这一次，一路上听到看到海水疯狂上涨吞噬农田和城镇的可怕景象，是如此触动他的心。他和大海打了一辈子交道，对海洋有着恋人般的深情，然而如今他觉得自己对海洋越来越陌生了。

海洋究竟出了什么毛病？他闹不明白。

他紧接着问："那么，县城呢？"他的话外音是指县城是否也被淹没了。他去过县城，那是个景色很美的滨海小城，当年下火车走不多远就到了。

信号员给了令他放心的回答："县城还在老地方，那里地势高，占了便宜，不但没淹着，还成了不赖的港口，大船可以开到大街上去了……"他笑起来。

这时，他俩走到简陋的小站外。信号员关灭手里的信号灯，手指了指站外的广场，那里有一排灯火昏暗的店铺，在黎明的晨光中越发陈旧破败，毫无生气。他告诉沈志挺，去县城的汽车天亮才开来。"那边有旅馆，也有卖小吃的，您可以去歇一会儿。"热心肠的信号员说。

沈志挺谢谢他的好意，穿过站前广场，径直走向对面一家乡村旅馆。他叫醒了店里的女老板，开了一间还算干净的单人房间，又让女老板沏了一壶酽茶。这时，结了一层霜的玻璃窗外已经大亮了。

他毫无睡意，但是在去县城之前，他需要把自己的思路理理清楚。

"也许，我是真的老了，过去我不是优柔寡断的人，航线一旦确定，不管遇到什么风浪，我下的命令从来是说一不二的。可是现在，我却思前想后，朝令夕改，这是怎么回事……"沈志挺抄着手，在不到十平方米的小房间里来回踱步。

他在"甲板"上走了十来分钟，仍然没有得到满意的答案。他觉得有点儿累，和衣倒在床上，把那件呢子大衣当作被子盖上了。

在沈志挺的脑海里，这些天始终摆脱不了一个模糊的面影的纠缠，真正一点儿不假。他躺在国家科技调查部安排的宾馆的席梦思床上，闭上眼睛，这个面影就在眼前晃动。这是个眼睛很大的男孩，十二三岁，具体的模样又想不太真切。但他永远忘不了那双黑珍珠般的眸子，充满疑问还有一点儿胆怯，后来是喜悦、激动和欢天喜地的神情。瞬间的变化是这样深深地印在他的记忆里，他无论如何都摆脱不了这双会说话的眼睛。

他想，大概就是这双眼睛促使他决定离开北京，登上了东去的列车，一站一站地换车……他原本可以一走了之，回到老家，继续过他的退休生活，但是这双眼睛却像黑夜中的灯塔，引领他千里迢迢来到这个荒村小站，投宿到这家冷冰冰的鸡毛店，而且还不知道下一步航行的目的地在何处，哪里是终点……

他记起来了。那一年，很久很久以前的一个夏天，他披着南太平洋的海风，回到青岛胶州湾的码头，连家也顾不上回去，登上火车，连夜赶到这个小站。不错，小站的位置不在这儿，可站名没变。他也是在一家小客栈歇息了几个钟头，乘头一班公共汽车赶到县城的。

桑岩托他给妻子和儿子带了一包东西。那次在霍巴特港给桑岩他们送行，桑岩很动感情地说："沈船长，这一去就是三年，我最放心不下的是我的妻子和还不懂事的儿子，妻子在县城中学教书，她身子骨弱，我这一走，她带着个孩子，担子可够重的……"

桑岩没有再说下去。他托沈志挺带回的物件普普通通：一封厚厚的家书、一摞照片，再就是几件大人和孩子的衣服，还有一个很招人喜欢的玩具考拉熊、一只皮革做的小袋鼠……整整一包，代表了做丈夫、做父亲的滚烫的爱心。

他走在一条乡村小路上，前面的山坡上有一排灰色的楼房。天很热，烈日像火炉一样烤得他浑身冒火，四周没有一棵遮阳的树。

一个浑身晒得流油的男孩，乌黑的头发滴着水，从后面连跑带跳地追上来。他只穿一条小裤衩，扛着一个汽车内胎做的救生圈，样子怪滑稽的。

男孩准是到海边游泳去了。

“小朋友，田聪老师的家在那边吗？”沈志挺叫住男孩。田聪是桑岩的妻子，她在县城中学当老师。

小男孩闻声站定，救生圈从肩膀上溜下来，那一双忽闪忽闪的大眼睛在沈志挺的身上转悠，目光是疑惑的，仿佛是在思索该怎样回答陌生人的问题。

“你不认识田聪老师？她是县中的老师呀……”沈志挺又连着问了一句。

“你是谁呀？”小男孩有点儿胆怯地问，“你找我妈干吗？”

沈志挺端详着他，不禁笑了起来。

“啊，你是桑世杰！对不对？”沈志挺走上前，摸了摸小男孩水淋淋的头。

男孩赶紧后退一步，仰脸望着他，疑虑重重地问：“你怎么知道我的名字？我从来没有见过你……”

“哈哈，我不仅知道你的名字，我还知道你长大了想干啥，信不信？”沈志挺逗着男孩——他的模样活脱儿像桑岩，好可爱的孩子。

“你骗人！”男孩对陌生人的畏惧消失了，他突然感到面前这个叔叔很可亲。

“好呀，那我们打赌，怎么样？”

“赌什么？”

“这样吧，要是我赢了，你得把那个救生圈给我；要是你赢了，我把这包东西给你，你瞧，这里面可有好多好多好玩儿的东西呢……”

“行，你说，我长大了想干啥？”

男孩从沈志挺手里接过那包东西，好奇地将上面的拉链打开——那是一只挎包。

突然，他眼睛一亮，从里面抽出桑岩那封厚厚的家书，他认识信封上父亲的笔迹。

“爸爸的信？！”男孩的黑眼珠里闪过一阵惊喜，他迅疾地拿出那封信，高高举过头顶，光着脚丫像小鹿一样飞快地朝山坡奔去。

“妈妈，妈妈，爸爸来信啦……”他欢欣雀跃地喊道，竟把沈志挺忘在一边了。

一番巧遇使他很快见到了桑岩的妻子，田聪给他的印象是个文静、知书达理的女教师，他扼要地谈了桑岩他们远征的情形，田聪坐在一旁听得很仔细。但是那个起先对他畏惧的桑世杰坐不住了，对沈志挺异乎寻常地热情起来，缠着他讲航海冒险的故事，还恳求带他上船。“他做梦都想当一名船长……”田聪笑着说。女教师知道，在儿子那童稚的心里，沈志挺如今成了他最崇拜的偶像了。

太阳像一轮火球快要沉入大海时，沈志挺谢绝了桑家母子的挽留，踏上了归途。他完成了桑岩的嘱托，给田聪留下地址和家里的电话，告诉他们有事可以找他。

他没有想到，这次短暂的访问之后他再也没有来过一次，虽然他答应过桑世杰他还会再来，但他没有履行自己的诺言。直至三年之后，当他前去执行驶往南极的使命，知悉桑岩等人在冰崩中失踪，抱着沉痛的心情返回之后，他再也没有勇气面对失去丈夫的田聪，更无颜面对失去父亲的桑世杰……

多少年来，不论是白天还是夜晚，沈志挺一直在悔恨和内疚中痛责自己，他不能原谅自己没能尽到船长的责任。虽然冰崩的发生和他毫不相干，谁也无法预料希望站发生意外，沈志挺却总是抱怨自己失职：“倘若提前几天，甚至几小时，直升机就可以在冰崩之前接回桑岩队长他们，事情就会是另外的结局，这难道这不是我的过错？我还有什么脸去面对同行，面对他们的亲属……”沈志挺在那次返航的途中，在回国后的辞职报告上，在提前退休后的漫长岁月里，都是这样不断地、痛苦不堪地受着良心的谴责。

何况，当时的报纸、电视对希望站三名科学家的失踪做了详尽的报道，他也不止一次面对新闻记者的跟踪采访，他要说的话、他的心情，他觉得说得差不多了，还能再说些什么呢?

他给田聪写过一封很长的信，从此再无联系。他只希望带着终生的悔恨和无法弥补的遗憾度过平静的余生，别的什么也不去想了。

但是，沈志挺万万没有想到，几天前发生的事打破了他十年的平静生活，也改变了他的想法。吉野荣夫的突然露面，仿佛是漫漫长夜出现了曙光，他立刻联想到桑岩，他是否也还活着?也许那次冰崩并没有使他们丧生，只不过没有找到他们。否则，失踪十年的吉野荣夫怎么会在札幌出现……

老船长一颗麻木的心像注入了兴奋剂一般，重新复苏跳动了，他再也不能待在北京的宾馆里。几天后，他按照老地址给田聪发了一封挂号信，告诉她，他将立即和她见面，他有很多很多想法要同她商量。

他觉得眼前出现了一片光明，他的航船又将开出避风港，驶向辽阔的、波涛起伏的海洋……

沈志挺不知不觉睡着了，他是被一阵急促的敲门声惊醒的。

他翻身坐起，用惊愕的目光望着站在床前的女老板。

“你是沈船长？”胖胖的女老板问。

沈志挺未置可否，动了动下颏。

“哎呀，这可太好了！”女老板忽然高兴得拍起巴掌，一阵风似的跑出房门，“桑船长，你要找的沈船长在这儿呢……”她的嗓门足可以声传十里。

沈志挺站了起来，披上大衣，他被女老板的举动弄糊涂了。这时门外走进一个中等身材、两肩宽阔的年轻人，他身穿棕色皮夹克，很英俊的脸上长满了络腮胡子。

沈志挺的目光和对方不期而遇。

“沈船长，我是桑世杰。”他向前跨了几步，礼节性地握了握沈志挺的手。

沈志挺一阵心酸，但很快忍住了。他上下打量对方，企图从对方身上找到记忆中的痕迹，却失望地喃喃自语道：“完全变了，认不出来了，如果不是你说出名字，我在大街上是绝对不认识的……”

那记忆中的眼睛会说话的男孩，在他的眼前永远地消失了。他经历了一场漫长的梦，往事是那样飘忽，遥远……

四

桑世杰开着一辆越野吉普擦过县城旁边一条干涸的引水渠，爬上了起伏的山岭。他没有进县城，而是盘旋而上，在弯弯曲曲的公路上疾驰。

沈志挺默默地望着车窗外面，满目尽是嶙峋的巨石，树很少，只是背阴的山坡点缀着枯黄的杂木林，有的地方还残留着冬天的积雪。唯一使他高兴的是又见到了大海，蓝色的海形影不离地拥抱着海岸的山地，时而被山岩挡住，时而露出她的倩影。沈志挺深深地呼吸着海的气息，不时投去依恋的目光。

他弄不清桑世杰究竟要带他去哪儿，有些什么重要的事要跟他谈。车站小客店的重逢，似乎没有给他带来企盼的喜悦，甚至也没有一丁点儿他想象中的激动。面前这个脸色阴沉、沉默寡言的年轻人，让人很难想象就是十几年前那个可爱天真的男孩，不仅外貌毫无相似之处，性格也判若两人。当然，沈志挺忽略了时间的绝对法则，他和桑世杰之间毕竟留下了十几年的鸿沟，而这十几年发生的许许多多的事情，在情感上留下了无法抹去的创伤，不是三言两语能够补偿的。

在小客店里见面时，沈志挺刚刚说明来意，桑世杰立即打断他的话："沈船长，很高兴你来看我，车预备好了，我们先走，等会儿我们好好谈一谈，你看行吗？"话说得很得体，不冷不热，但沈志挺觉察出对方似乎抱有明显的敌意。

他把到了嘴边的话又咽了回去。

"我来是有件很重要的事情要告诉你们，跟你父亲有关的……"沈志挺有点儿手足失措，说话结结巴巴的。

桑世杰不置可否地点点头："我知道，我也有重要的事情要跟你谈。"他的语气依然冷冰冰的。

沈志挺知趣地闭上了嘴巴。他猜不透桑世杰为什么如此冷淡，他也想不出自己有什么地方对不住他们母子。他后悔自己干了件蠢事，干吗非要来这里一趟？如果知道桑世杰这样冷漠地对待他，他是无论如何也不会管他们的闲事的。

坐到车上，沈志挺心里翻来覆去地思忖，自己不必和桑世杰计较，毕竟他是个孩子，等见到了田聪再说吧，她是个通情达理的人。他又这般宽慰自己。

"你妈妈身体好吗？她还在教书吗？"沈志挺问，他试图打破车里沉闷的空气。

不知是没有听见，还是其他原因，坐在前排驾驶位置的桑世杰没有回答，还把脸扭了过去。

桑世杰的脸上笼罩着乌云，如同车窗外面的天空。

沈志挺心境黯然，索性闭上双目。不能被别人理解是痛苦的，如果被别人误解那就更加可悲，他此刻的心情便是如此。

吉普车嗷嗷地吼叫着，像是拼命一样地往山上奔去，车开得很猛，弯道拐得很急，沈志挺像个布口袋左右摇晃，头也有点儿晕眩。

忽地，吉普车压着坑坑洼洼的山坡腾跳起来，离开了公路，往前蹿了几十步，然后“嘎”的一声刹住了。

桑世杰跳下车，喊了一声“沈船长”，拉开后面的车门。

沈志挺扶着车门下了车，定睛望去，车到了山顶，公路从分水岭一侧拐弯下山。这里居高临下，辽阔的大海一览无余地展现在眼前，伸向烟云缥缈的天际。山巅的岩石寸草不生，但是前面几步远的小山坳却像个绿色盆地，长满一人多高的小松树，郁郁葱葱，在山风的呼唤中发出呜呜的声响。

桑世杰什么也不说，朝松树林疾跑过去，突然双膝跪下，扑倒在地，号啕大哭起来。这个男子汉心中郁积多年的悲伤，终于找到了宣泄之处，他哭得呼天抢地，令人为之动容。

沈志挺大吃一惊，踉踉跄跄走上前去。他这才发现，桑世杰跪下的地方竟是一座长满野草的坟头，坟前立着一块两尺来高的石碑，碑文是“慈母田聪之墓”几个大字。

“妈妈，沈船长来看……看你来啦……”桑世杰伏在地上呜呜地哭道。

沈志挺悲从心来，不禁老泪纵横。他万万没有想到，田聪早已不在人世。从桑世杰悲伤的哭声中，他似乎听见了这个失去双亲的孩子倾诉的万般苦楚。桑岩失踪那年，他不过十五六岁，孤儿寡母相依为命，生活的艰难、心灵蒙上的阴影，小桑世杰的痛苦记忆是太深太深了。不料，过了仅仅三年，厄运又降临到他的头上。这年桑世杰刚刚高中毕业，田聪却因忧郁过度，加上积劳成疾，过早地撒手而去，将桑世杰孤零零地留在人间。失去双亲的桑世杰饱尝了人世间的炎凉冷暖，经受了超出他的年龄的种种磨难，凭着坚强的意志，主要是牢记母亲临终时的遗言，他像是长在石头缝里的一棵小松树，坚韧地活了下来。

桑世杰永远不会忘记，母亲至死也未瞑目。她是不甘心这样死的，她放心不下尚未成年的儿子，但是她心里相当清楚，残忍的死神已经不答应她的苦苦哀求。她紧紧地拉着儿子的手，泪水夺眶而出，她将生命最后的一点火光点燃起来，支撑了最后几分钟，这才无奈地消逝在死亡的黑夜之中。

她对桑世杰说："儿啊，你爸爸没有死，他还活着，你去找沈船长，走遍天涯海角也要找到他，你去求求他，记住，只有沈船长才能找到你爸爸，你要去找爸爸……"

也许是冥冥之中的安排吧，桑世杰始终和沈志挺没有联系上，他们之间总是出现时间差。他满怀希望寄出的信不是石沉大海，就是贴上地址不详的条子退了回来。他跑去打听"海豹"号的行踪，得到的回答是"海豹"号早已退役——这意味着考察船早就被拆掉当作废钢铁卖了。他当然不知道沈志挺的命运也不佳：南极之行后等待他的是体面的退休，刚过五十五岁生日的沈志挺含泪告别了驾驶台，从此隐姓埋名回到故乡度过余生，那是渤海边上一个偏僻的小岛。

在他们之间，时间酿成的误会太多太多，但沈志挺什么也不想解释，他理解桑世杰的心情，他凝视着坟冢前的墓碑，似乎一切不快都烟消云散了。

他恭恭敬敬地脱下制帽，朝着墓碑鞠了三躬。

"田老师，我来晚了……"他喃喃自语。

良久，他的手搭在桑世杰的肩膀上："世杰，要哭你就痛痛快快地哭吧，不过我今天到这里来，是要告诉你，也是要告诉田老师，你的父亲桑岩也许还活着，我是为这个而来的。命运如今把我们连在一起，我们的使命就是要找到你爸爸，不管有什么艰难险阻，不管风浪有多大，对于船长来说，只有一个选择，就是起锚，前进三，左满舵！"

老船长说到这里，挺直腰杆，目光炯炯，仿佛又回到了驾驶台上。

桑世杰止住眼泪，从地上站了起来，目光在沈志挺的脸上停留了几分钟。他的满腹委屈，以及多年郁积在心中的误解，被这一席肺腑之言全部化解了。

他扑向沈志挺，两个男子汉紧紧拥抱在一起……

五

离开山巅，桑世杰驾着越野吉普轻快地翻过分水岭，朝后山开去。弯弯曲曲的公路如一条蜿蜒的长蛇通往山麓一处很隐蔽的海湾。这一带跟前山截然不同，看不见童山秃岭，漫山林木丛生，有的大树很有些年头了。山势也很清秀，山涧里清泉奔流，叮咚作响。当吉普车从山坡上冲下来，驶过一座造型雄伟的铁桥时，沈志挺的目光立即被海湾吸引住了。

夹峙在山岭之间的海湾，平静得如同一泓秋水，水光潋滟，深邃莫测。海湾入口处，两道长长的海岬如同巨人的长臂拥抱着海湾，入口很窄，涨潮时只容一艘船通过，两边的山崖如城堡状隔海相望，不仅形势险要，也是天设地造的避风港。

此时，海湾中船只不多，远远的对岸隐约出现几艘灰色的舰船，笼罩在山岭的阴影里。

沈志挺啧啧称奇，他对大海、大洋了若指掌，这是有名的潜龙湾，一直是军事禁地，他当了几十年船长，也是只知其名而未见其貌，因为民用船只从来是不得擅自入内的。

没有想到，潜龙湾此刻一览无余地展现眼前，他的心情不亚于在海底找到珍宝的潜水员。

正待开口询问，桑世杰把吉普车拐向海湾一侧的码头，那里停着一艘白色的豪华游艇，模样颇像一只在碧波中悠闲游玩的白天鹅。

桑世杰从制服口袋掏出一个很小的遥控器，朝游艇按了几下按钮，游艇尾部的自动门徐徐打开，他连人带车一起进入船舱，自动门旋即关上了。

“你开这条船？”当桑世杰领着沈志挺从舷梯走上后甲板，沿着一条铺着地毯的甬道走进船首一间舱房时，沈志挺憋不住地问。

桑世杰点了点头。

沈志挺一边大步流星地跟在桑世杰后面，一边审视这艘豪华至极的游艇。对于舰船的知识，沈志挺本人就是一部百科全书，但是从进入船舱的那一刻起，他发现自己像刘姥姥进大观园，看到什么都是那样新奇，又是那样陌生，因为这是一艘设计非常奇特的游艇，它的外观和一般游艇没有什么两样，但是内部结构非常复杂，绝非普普通通的游艇。

不过，究竟是怎样的船，具备什么特殊性能，他的脑子里还有很多问号。

桑世杰把沈志挺安顿在沙发上，从冰箱里取出了罐装饮料，又忙着去煮咖啡。

桑世杰说：“妈妈去世后，我别无出路，就去参军，在海军的一艘核动力巡洋舰上当兵，从擦洗甲板开始，一步一步往上爬，几年工夫熬到了少尉。头几年我的运气不坏，被选送海军军官学校培训，时间不长，但学会了不少东西。当时我以为我是完全有资格留在舰上的。可是有一次会餐，喝多了酒，我借发酒疯狠狠揍了我的顶头上司，这是个专打小报告整人的卑鄙小人。他是基地司令的什么远房侄子，结果是我倒霉，转年我就被列入了复员的名单……”

说到这儿，桑世杰坦然地笑了起来。

他的笑容、那朗朗的笑声，使沈志挺想起十多年前那个浑身水淋淋的男孩。

桑世杰继续说：“这样也好，我成了无牵无挂的自由人，脱掉军装，我回到家乡。找工作不难，好几家航海公司都要我，我都不中意。后来，这艘游艇的主人找到我，高薪聘我当船长。他是个神秘的日本人，我猜想他一定很有势力也很有钱，不过我至今不知道他是干什么的，也不知道他的真名实姓。他对我唯一的要求就是什么都不许打听，这是必须遵守的君子协定。我的任务就是管好这只船，在他需要时航行到指定的地方。所以，我经常往来于中国和日本。我的工作很轻松，也很自由，因为游艇的主人每年只有一两次在海上生活，说他是休息也行，说他是工作也行。我从不主动接触他，除非他主动找我。这也算是我们之间的默契。另外，他要用船，通常会提前通知我，所以我有充沛的时间做我愿意做的事情……”

“啊，日本人的船，怪不得……”沈志挺注意到，桑世杰的这间卧室摆满了书柜，占了两面墙，大办公桌上是一台新型的电脑，看来，年轻的船长没有虚度时光。

桑世杰还告诉沈志挺，那个日本船主大伙儿叫他森田先生，快七十岁的人。“他现在就在船上，前天刚从日本冲绳岛接来的……”他说。

“那，我要不要见见他？”沈志挺问。

“不必，他一般不愿见陌生人。”桑世杰说。

“船上还有什么人？”沈志挺呷了一口咖啡，问道。

“连我在内，只有四个人，一个是我的副手，我们轮班驾驶，还有一个管主机的，另外一个是厨师兼管家，他是我中学最要好的同学，能烧一手一流的法式大菜，对了，我马上让他开饭，我从早上到现在还没有吃饭呢……”

他一提醒，沈志挺也觉得饥肠辘辘了。吃饭时，桑世杰问那个矮矮胖胖的管家，森田先生是否有什么吩咐，管家说：“森田先生还在休息，他只问过你什么时候回来，我说你已经回来了，还有这位沈船长……”

吃罢饭，天色将晚，桑世杰将游艇开出码头，停在海岬的陡崖下面，这是一处隐蔽的地方，提前到来的夜幕将游艇掩盖起来，但是对岸的山岭仍然抹着夕阳的光亮。

他们回到桑世杰的卧室，沈志挺觉得该向他坦白了。他从国家科技调查部如何派直升机接他到北京讲起，谈到日本札幌雪节的电视专题片和吉野荣夫，以及他和谢士元的谈话。为了解释清楚，他还回顾了两次赴南极航行的经过、他和桑岩的交往，特别是他因未能接回桑岩等人而受到的舆论压力，他因此提前退休，在孤独寂寞中打发时光的遭遇，他讲得尤其详细。

桑世杰像个木头默默地坐在对面的椅子上，唯恐漏掉一个字，虽然他从母亲那里知道父亲的一些情况，这些年也收集了那支探险队的资料，但是许多细节以前闻所未闻。

他想起可怜的母亲，如果母亲还活着，亲自听沈船长讲述这一切，那将是多么地高兴。因为母亲直到临终那一刻，也是一直坚信父亲还活着，她不相信任何关于父亲死去的传言，可惜的是，母亲来不及等到这一天，这是无法挽回的憾事。

他还后悔自己任性，做事太莽撞。前天接到沈船长的挂号信——那是母亲生前就职的县城中学的校长送来的——桑世杰一见信封下面的寄信人，心头涌起的不是喜悦，而是莫名的怨恨。他完全误解了沈船长，所以在车站的客店才会那样没有礼貌，现在他为自己的偏狭而羞愧，只是不知道怎样表白心中的忏悔……

沈志挺说罢事情的原委，抬起头，见桑世杰脸上红一阵，白一阵，神思恍惚的样子，连忙问道："小桑，我讲的这些，你都明白吗？"

一句提醒，让桑世杰从纷乱的思绪中醒了过来，特别是头一回听沈志挺叫他小桑，心里顿时热乎乎的。"从今以后，我听你指挥……"他声音颤抖地说。

这句肺腑之言，足以代替一切的表白。沈志挺望着对方，眼眶一热，心里什么都明白了。

"你说有什么重要的情况要告诉我，是真的吗？"沈志挺问。

桑世杰点点头，立即走到书桌前，敲击电脑键盘。

"这台电脑与全球联网，可以获得世界各地的信息。"桑世杰边说边敲打键盘。

这时，电脑的显示屏上出现了视频图像，沈志挺上前盯着显示屏，上面显示的图像都是与桑岩的探险队有关的，希望站的历史资料频频出现。

"你从哪里搞到的这些资料？"沈志挺问道。

桑世杰回眸狡黠地一笑："沈伯伯，不是我吹牛，你刚才说的日本札幌雪节的新闻电视片，我也能很快调出来……"

"我完全相信，是不是我不讲你也知道吉野荣夫出现了……"

"不，我没有这么大的能耐，不过我相信这个发现很快就不是秘密了，我的电脑能够以最快速度捕捉到它们，几乎是同步的。"

桑世杰接着说，他开发了一套特别的软件，专门自动收集有关桑岩探险队的信息，并且自动跟踪，迅速鉴别，加以筛选。它像一座大资料库，不断补充最新发现，捕捉散布在各种媒体上的信息。

电脑不仅有综合的信息，还对探险队的每个成员加以分类，设立若干子系统，其中有关桑岩、吉野荣夫和哈迪姆三人的资料，是最为详细的。

当然，这台电脑还具有翻译的功能，各种文字的信息都能自动转换成中文，使用非常方便。

说到这儿，电脑的显示屏上出现了一组在南极冰原拍摄的镜头，几个头戴绒帽、戴着遮光镜的探险队员在冰上跋涉，接着是冰雪的特写画面。在刨开的雪堆里有一些物件。摄像机将物件越拉越近，画面越来越清晰：有一只杯子、一副望远镜和一些影像不清的物品。

这时，视频上叠印出文字，原文是法文，电脑迅即将它转换成中文：

……维尔迪尔探险队一行7人于本月17日越过南纬70度，继续徒步横穿南极大陆。途中，在距希望站站址500米处的雪原，发现了当年探险队的遗物，由于气候寒冷，十多年前的探险队遗物保存完好。这些遗物目前已送往巴黎历史自然博物馆，其中有餐具、考察队的仪器和一些罐头食品。专家们认为，这批遗物中最有价值的是一本用中文书写的考察日记。考察队中只有一名中国人，因此可以断定，日记的作者是探险队队长桑岩，他是中国杰出的极地冰川学家，在10年前的冰崩中失踪，至今下落不明。

沈志挺待电脑屏幕的画面消失，马上问道："这是什么时间收到的？"

桑世杰离开办公桌，走到舷窗前，窗外夜色如墨，黑暗中响起很大的风声。

"昨天，法国国家电视台播送的新闻，这是迄今最新的信息。"

"这两桩事不会是巧合吧。吉野荣夫刚在日本露面不久，又发现了桑岩的日记。"沈志挺手托着腮沉思道。

在这一刻，他们都不约而同想到同一个问题，即怎样找到桑岩。按他们的推断，桑岩还活着。

突然，房门被猛地推开，一个身披风衣、面孔被一顶礼帽遮住的人，坐在自动控制的轮椅上，双手扶着两旁的扶手缓缓而入。这是个行动不便的人，约莫七十岁，皓首银须，脸色红润，他的额头宽阔发亮，是那种聪明过人的脸型，目光敏锐，似乎一眼就能看透别人的心思。

桑世杰连忙疾步上前："您……您怎么来了，我听说您在休息，所以没敢打扰……"

那人不动声色，淡淡地说："没有关系，我来不妨碍你们谈话吧？"他的脸转向一旁发愣的沈志挺，"桑船长，你该向我介绍这位先生……"

桑世杰应道："是，这是我父亲的朋友，当年'海豹'号的船长沈志挺，沈船长——"

那人的手从扶手上抬起，沈志挺上前握了握，发觉他的手冰凉冰凉，像死人的手。

“幸会，幸会，很高兴认识您，希望你在这里过得愉快，像在‘海豹’号上一样，你看多巧，我的游艇也叫‘海豹’号，这不是很有意思吗？”

沈志挺恍然大悟，此人竟是游艇的主人森田先生，他竟能说一口流利的中国话！他说了几句客套话，但这个神秘的人抬起手不让他说下去。

他迅速转动轮椅，背朝着还未从惊愕中反应过来的桑世杰他俩，用不容置疑的命令口气说：“桑船长，马上启航，开往日本北海道！”

说罢，轮椅已经走出门外，房门在他身后关上了。

桑世杰和沈志挺面面相觑，竟然说不出话来。这一切都像一场梦，他们都不敢相信这是真的。

看来，游艇神秘的主人对他们的谈话内容了如指掌。

这个神秘的森田先生究竟是什么人？为什么刚从日本来又要去北海道？沈志挺如坠五里雾中。他向桑世杰打听，但桑世杰能够提供的情况也有限。“他来无影去无踪，从不和我们多谈什么，所以我真的对他并不了解，而且也不想去了解——不是有君子协定嘛！”桑世杰回答得也很俏皮。

说罢，桑世杰招呼沈志挺：“走，上驾驶台，马上启航！”“海豹”号游艇悄无声息地驶出潜龙湾，向大夜弥天的沧海驶去。

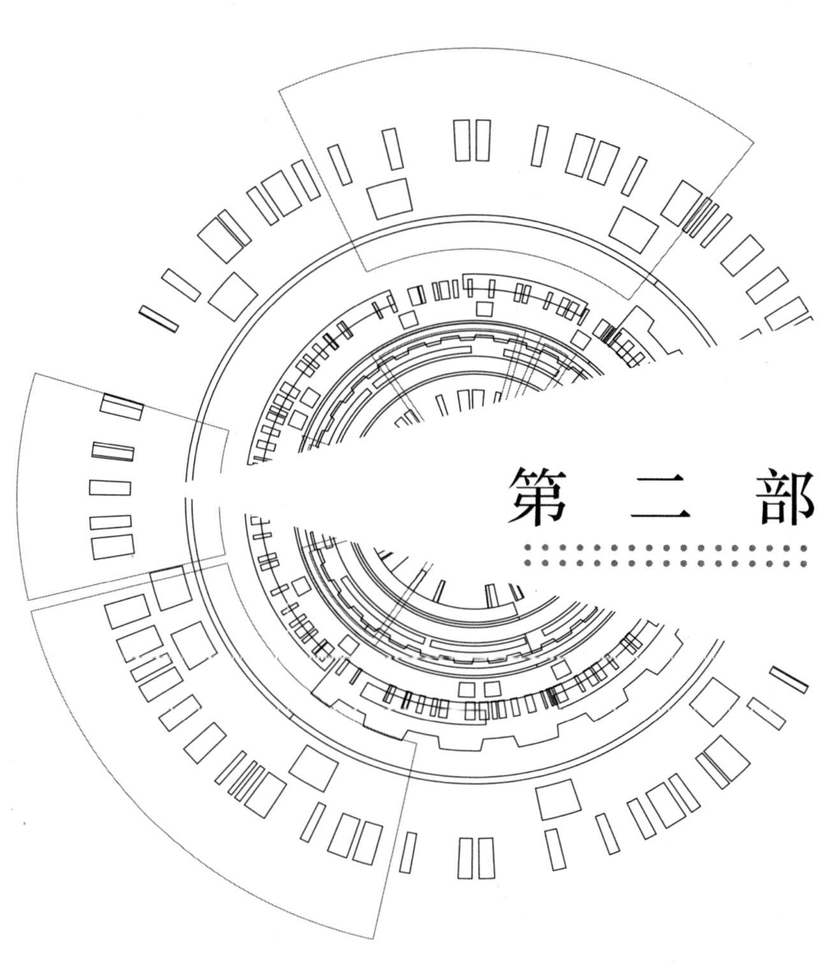

第 二 部

一

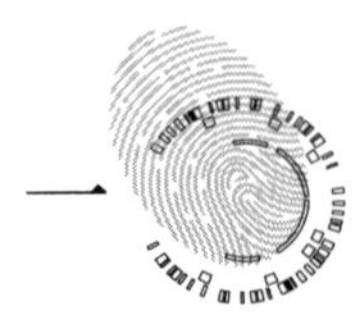

黑夜如永恒的梦，陪伴着酣睡不醒的冰原。太阳似乎抵挡不住极地的酷寒，冻僵了，熄灭了，坠落在高低参差的冰山后面，很久很久不曾露面。深邃莫测的夜空、冻结的海湾和远近的冰崖雪坡，在雪光反射中虚实难辨，如同幻境，涂上了神秘诡谲的色彩。

这是一个死寂的世界，除了风的吼叫，没有一丁点儿声音。海洋没有浪花的欢笑，河床失去急流的奔腾，山坡上，以及广袤的冰原上，看不见生机勃勃的绿色。大地仿佛停止呼吸的僵尸，冰雪编织的白色裹尸布覆盖在它那冰冷冰冷的躯体上面。

不过，按照太阳的时钟，此刻正是新的一天的黎明，但是漫长的极夜笼罩大地，看不见破晓的曙光，也没有一线光明，除了满天星光和朦胧的雪光，夜色越发深沉了。

这时，似乎是向黑夜挑战似的，风雪掩盖的一幢长方形建筑门前奔跑着几个人影，那座建筑的一个个窗户灯光耀眼，如同一列黑夜中行驶的火车。唯一的一扇大门忽开忽关，水银似的灯光倾泻而出，映照着出出进进的人影。远远地，可以听见你呼我喊的声音，打破了冰原的寂静。

这里是希望站，千里冰原上一个孤独的科学考察基地。站上的七名不同国籍的科学家在风雪中艰难地度过了三个漫长的极夜，当极地的太阳重回大地时，他们就该踏上返回文明大陆的航程了。

但是，意外的事情在不该发生的时候突然降临了。按照极地生活的严格纪律，极夜期间任何人未经批准不得擅自外出，野外工作除非特殊需要一概停止进行；有的野外观测项目也必须停止进行，能够用仪器自动观测的，绝不用人工代替。

这是铁的纪律，也是南极生存的常识。极夜的黑暗，风雪的暴虐，寒暑表的水银柱一直在-40℃以下，任何一点疏忽都将导致不可挽回的死亡。

可是，这天早上，值班的法国科学家乔尔斯在餐厅收拾杯盘狼藉的餐具时，发现日本科学家吉野荣夫没来就餐。

希望站的餐厅兼作会议室，也是平时大家集会的最大的房间，每个人都有固定的座位。

乔尔斯是法国巴斯德实验室的极地医学博士，一个胖胖的乐天派，整天笑眯眯的，这个月轮到他当班下厨，给大伙儿做饭——希望站没有专职厨师，由站上的科学家轮流当厨。

“吉野先生是不是还在做梦钓鱼呀，他可是说过想吃我做的法式鱼排……”戴着一顶圆桶状白帽子的乔尔斯一边抹桌子，一边打趣地说。

坐在餐桌旁的桑岩咽下一口麦片粥，警觉地抬起眼睛，扫视了一眼餐厅，所有的人都在，唯独没有吉野荣夫。

他餐桌上的刀叉盘子原封未动。

个子瘦小的哈迪姆离开餐桌，头一个站起来。“我去看看，也许是睡过头了。”他是以色列人，鼻梁高挺，眼窝深陷，是特拉维夫大学的气象学家。他每天的早餐都吃得匆匆忙忙，因为他要赶回气象观测室记录天气数据。

“喂，哈迪姆，你不要打扰吉野荣夫的美梦……”坐在窗前的贡多斯用叉子敲着碟子说，“吉野的那一份我来解决吧。”

贡多斯的英语说得很蹩脚，餐厅里爆发出一阵笑声。

贡多斯是阿根廷人，站上与外界联系全指望他，他是一个技术熟练、心灵手巧的电信工程师。

哈迪姆走了没多久，很快便风风火火地回来了。他站在餐厅门口，慌慌张张地告诉桑岩：“队长，吉野的房间里是空的，卫生间也没有人……”

话音刚落，餐厅里所有的人都唰地站了起来。

桑岩推开椅子，第一个大步冲出餐厅。作为站长，他最担心的是每个队员的人身安全。尤其是极夜期间，到处潜伏着危险。

希望站的每个科学家都有一间不到五平方米的卧室，除了一张床，一张小书桌，还有一个不大的衣柜，余下的空间就很有限了。

卧室一如吉野荣夫本人一样井井有条，整洁干净，物品摆放毫无凌乱之感，各有各的位置。壁上没有像别国的科学家那样贴满花花绿绿的照片，只有一幅日文版的南极地形图，还有一幅富士山的全景照片，床头有一把电吉他，吉野荣夫闲暇之时喜欢自弹自唱。

桑岩没有发现吉野的卧室有任何异常迹象，退出房间，急匆匆地走到前厅。这里有一扇密封门，考察站的出入口即在此，风大雪大时密封门是不能打开的。密封门对面是一排衣帽柜，每个队员外出的御寒服和雪地靴均存入这里。按照南极考察站的统一规定，出入考察站的人员在此更衣。因为室内室外的温差很大，为了保持室内清洁，沾满冰雪的靴子不能进入室内，必须在这里换上拖鞋。

桑岩在前厅和几个队员相遇。他们分头寻找吉野荣夫，没有发现他的踪迹。吉野荣夫常去的实验室也是空的。

桑岩听大家说罢，上前打开吉野荣夫专用的衣帽柜，顿时，在场的人面面相觑，脸色变得严峻起来，困惑的目光带着几分惊讶。

因为衣帽柜里空荡荡的，角落里扔着一双换下的拖鞋，外出穿的御寒服和雪地靴不见了。

大伙儿心里纳闷：这样奇寒的极地之夜，吉野荣夫干吗独自外出，连个招呼也不打呢？而且，他是个“老南极”，在极地生活多年，有丰富的经验，难道他会和自己过不去，拿生命当儿戏？

与桑岩面对面的瘦高个子约翰逊，用手捋了捋满头亚麻似的长发说：“这几天，吉野在实验室干得很晚，昨天晚上十一点我回宿舍，路过他的实验室，里面还亮着灯……”他是美国哥伦比亚大学的生物学家，年纪很轻，却蓄着大胡子。

“这个吉野，他已经不是第一次，好几次外出都超过了规定的时间，而且他也不和我联系，把报话机给关了，搞得我瞎着急。可回来你问他吧，他只会点头哈腰，一个劲地说对不起，下回还是老样子，你简直拿他没有办法。”阿根廷电信工程师贡多斯气恼地说。

按规定，去野外工作的队员都带有无线电报话机，他们应该与希望站的电台保持联系。

贡多斯说的情况，桑岩是知道的。在希望站各有个性的不同国籍的队员中，吉野荣夫是个叫人捉摸不透的人。有人开玩笑说他是只孤独的老狐狸，倒也入木三分。他对谁都和和气气，谦恭有礼，从来不和别人争执，但是谁也无法猜透他那笑眯眯的面孔后面究竟在想什么。对工作，对他分管的研究课题——他是从事冰川调查的——那是无可挑剔的，一丝不苟，尽心尽力，称得上是一流的学者，但是他和所有的人都保持等距离社交，既不敞露心扉，大面上也过得去。也许，他就是这种性格的人吧。

不过，桑岩有时也闪过一丝疑虑，在此之前，吉野荣夫多次有过擅自外出或者逾期不归的行为。虽然希望站像联合国一样是个松散的团体，每个队员的专业不同，可以自由地支配自己的时间，但是起码的极地生活纪律是不能不强调的，可是吉野荣夫却一而再再而三地违反了纪律。

当然，吉野荣夫每次外出都很辛苦，他是个工作狂，也许一到冰原就什么都忘了，全身心地扑在工作上，这点也是实情。所以每次吉野荣夫违反纪律，只要他诚恳地道歉，桑岩除了提醒他注意安全，似乎也不好多说什么。尽管他也知道吉野荣夫闪烁其词，没有讲真话。

桑岩见人家议论纷纷，默默地穿上御寒服，换上雪地靴，他的脸色严峻，像乌云笼罩的天空。吉野荣夫在寒冷的极夜独自外出，后果不堪设想，他深知事态的严重。其余的人见桑岩要出去，也纷纷从衣柜里取出外出的服装、手套和帽子。

桑岩和贡多斯握住密封门的把手，用力拧开，顿时一股逼人的寒流迎面而来。厚厚的积雪掩埋了门前的钢架阶梯，房屋三分之一的墙面堆着深深的雪。

“脚印！”不知是谁喊道。

门前的积雪踏出了很深的足迹，足印向左手边的车库延伸。夜色朦胧，看不见多远，桑岩和众人直奔车库，只见车库前面的雪地留下了散乱的辙印。他立刻什么都明白了。

乔尔斯上前推了推车库的铁门，发现门是虚掩着的。值班人员兼管站上的物资，他不禁吃了一惊。他第一个跨入车库，打开电灯，一眼发现靠墙的一辆雪上摩托不翼而飞。那是一辆性能很不错的新式摩托，速度快，配备了电热防寒头盔和御寒装置，保暖性能尤其好。

众人面面相觑，无不感到惊讶。桑岩手托下巴颏一声不吭。从辙印上看来，吉野荣夫走出门外不远，便驾着雪上摩托向站区一侧的山坡而去，那里通向辽阔的冰原。

桑岩打量着面前的队员，心里盘算着应急良策。站上人手很少，阿根廷电信工程师贡多斯是走不开的，他必须守着电台，保持跟外界的联络。乔尔斯，乐观的法国医学家，这个月值班，一日三餐够他忙活的，抽他出来也不合适。至于约翰逊，这个美国小伙子倒挺能干，可他这几天闹胃疼，吃不下饭，虚弱得很……他掰着指头算来算去，可以挑选的余地很有限了。

桑岩越过过膝深的雪堆走到房前的空地，这里的雪不太深，一辆雪地车埋在雪中。他一边用手套扫去踏板和车盖上的积雪，一边对身后的约翰逊说：“你去叫哈迪姆来，带上报话机，对了，找几根结实的尼龙绳……”

贡多斯道：“桑岩，你不能去冒险，天太黑，冰裂缝很多，太危险！”

“你去守着机器吧，我随时和你联络。”桑岩不予理会，吩咐道，“你们快进去，会冻坏的……”

寒风砭骨，嘴里哈出的热气立即在眉毛和胡子涂上一层白色的冰霜。桑岩待以色列气象学家哈迪姆赶来后，对约翰逊说：“站上的事情请你全权负责，所有的人不得外出，我和哈迪姆去找吉野，我们会小心的……”

“可是，你们这样做是得不偿失的，冰上的情况非常复杂，万一……”贡多斯气恼地嚷了起来，“你是一站之长，你要考虑后果！”

“贡多斯，现在是救人要紧！你知道，当年英国斯科特上校的探险队在遇到暴风雪时，队员奥茨独自一人走出帐篷，再也没有回来。现在我们不知道吉野为什么一个人出走，是因为长久的黑夜，心情忧郁造成的神经错乱？还是别有原因？总之，他现在的处境相当危险，也许每耽误一分钟，危险就会加重一分，所以我们无论如何要尽快找到他。我作为队长，更是义不容辞。”桑岩平静地说。

贡多斯抓住车门的手松了下来，桑岩的一席话打动了他，也感动了在场的其他人。

贡多斯突然上前紧紧拥抱着桑岩，又去拥抱哈迪姆。

他哽咽地说：“千万小心，我将二十四小时守在机房和你们联络……”

约翰逊和其他人一一与桑岩、哈迪姆拥抱告别。他们心里都明白，极夜的冰原处处是可怕的死亡陷阱，桑岩和哈迪姆驾车外出找人，冒的风险太大了。

哈迪姆坐上驾驶座，启动预热器，马达的轰鸣打碎了冰原长久的寂静。这时，乔尔斯踉踉跄跄地奔来，他手里捧着一大包东西，所以在雪地上摔了几跤。

“桑岩，哈迪姆，给——”他气喘吁吁地说。

“乔尔斯，这是什么玩意儿？”贡多斯伸手托起沉甸甸的口袋。

桑岩从车门探出身子，“乔尔斯，这——”

“吃的，饮料和压缩食品，够你们吃十二天的食物。”细心的“厨师”说。

亏他想得周到，忙乱之中，桑岩把这桩大事忘了。

雪地车的前排车灯射出雪亮的光柱，冰面像玻璃一样闪光，雪地车像一头从笼中放出的猛兽，发出一阵咆哮，继而向前猛冲过去。

被碾碎的冰层和雪块，像受伤一样痛苦地呻吟起来。

耀眼的光柱越走越远，渐渐融入黑暗。

有人突然惊呼："快回去，我的脚冻僵了……"

二

"哈迪姆，醒一醒，别再睡了！"桑岩用力摇晃身后的哈迪姆，大声喊道。

哈迪姆蜷缩在雪地车的后排座位，头歪着，眼镜被金属链子吊在胸前。微弱的光亮照着他胡子拉碴的脸，泛着青灰，他像是老了十几岁，形容憔悴。

他扭动身体，嘴唇啧啧有声，过了片刻，他挺直上身，睁开惺忪的眼睛。

"我……我睡了多久？"他一边戴眼镜一边问。

桑岩将右臂伸过去，腕上的夜光表是深夜三点一刻。

"你可睡了不少时间，不觉得冷吗？现在车里的温度越来越低，我担心你这样会冻着……"桑岩望着座前一排红红绿绿闪光的仪表，不无担心地说。

从希望站出发，他们在风雪弥漫的冰原度过了三天三夜——其实看不见白天，夜的网如弹簧般无限地向前方延伸。冰的世界广袤无垠，像凝固的大海没有尽头。路很难走，因为冰原并没有路，起伏的冰原到处是刀刃似的冰坎。雪地车东奔西突，用坦克一样的钢铁履带碾碎坚固的冰雪。冰坡陡峻之处，它吼叫着，加大马力，一步一滑地攀爬。最初，他们依稀可见雪上摩托的辙印，雪地车紧紧咬住不放，希望能很快找到吉野荣夫的踪迹。可是在翻过一处积雪很深的山坡时，风雪迷住视线，雪上摩托的辙印消失不见，似乎被大雪掩埋了。

这时，雪地车的位置大致在冰原上一道隆起的山梁之巅，狂风卷起白毛似的雪片漫天飞舞，看不清十几步以外的景物。狂啸的风敲打着车窗，如山呼海啸，令人心悸。哈迪姆是极地气象学家，他用雪地车内的风速测定仪测试风速，发现风速高达每小时三百公里。在地形如此空旷的地方，雪地车处境相当危险。

“桑岩，我们必须找个避风的地方，弄不好雪地车会被风卷走的……”哈迪姆焦虑万分。

“问题是……暴风雪太大，”桑岩启动雷达，一边在荧光屏上搜索方位，一边答道，“现在只好碰碰运气，前边是个斜坡，往前走走看……”

他拉紧控制闸，雪地车颤抖着，像瞎子一样向前迈步。桑岩这时完全凭直觉驾驶，他不能判断前面会遇到什么危险，因为挡风玻璃外面混沌一片，连车灯的光柱也被黑暗吞没了。

哈迪姆一颗悬着的心也快要提到嗓子眼上了，他感觉出雪地车的履带在急速下滑，像是失去控制，速度越来越快……

“这个坡很陡，你抓住……”哈迪姆提醒桑岩。

桑岩的手心快要攥出汗来。雪地车的脚闸和手闸都用上了，但仍然不能控制住雪地车的下滑，他隐约感到情况不妙。

他没有料到这斜坡这样长、这样陡。雪地车如同从很高很高的滑梯上面向下冲去，没有阻拦，没有摩擦力，风驰电掣地俯冲而下。

失重的感觉使他俩一阵晕眩，雪地车颠簸起来，如同风浪中的一叶扁舟，随时都有可能倾覆。

桑岩脸色煞白，急忙按动紧急制动的揿钮。在这千钧一发之际，雪地车的车尾弹出一条迅速张开的降落伞，履带的钢铁叶片之间伸出无数的钢铁利爪，将冰坡的冰雪牢牢抓住。 阵尖厉刺耳的啸声响过后，雪地车像是被一条无形的绳子拴住一样骤然减速。即使如此，雪地车炮弹形的车头还是十分猛烈地撞在了一堵坚硬的壁上，接着又反弹回来——它的前面竟是一道陡立的冰墙。

“桑岩！你没事吧？！”从惊愕中醒来的哈迪姆喊道。

他看见桑岩的头枕在方向盘上。

“没事，”桑岩动也不动地回答，“太可怕了，我看我们现在陷入了绝境，这样陡的冰坡，我们是很难爬上去的……”

桑岩抬起头，目光是忧郁的，因为他知道，他们的雪地车滑入了一个很深很深的冰裂谷里。

哈迪姆见桑岩没有受伤，倒是放了心。他听了听窗外，风声小了，便要出去看看。

“不，不能出去！”桑岩伸手将他按住。

话音刚落，雪地车外面像是下冰雹一样响了起来，无数的冰块坠落，砸在车顶上。

“冰崩！”桑岩喊道。

他立即旋转方向盘，雪地车贴着陡立的冰墙向水平方向飞快地逃窜。冰裂谷底下是平滑的冰川，雪地车不停地奔跑，像一只顺流而下的小船。

足足跑了一刻钟光景，确信逃出了可怕的冰崩区，桑岩像一摊烂泥一样倒在座椅上，他感到筋疲力尽。

哈迪姆的心狂跳不止。刚才若不是桑岩拉住他，他真的冒冒失失地走出车外，肯定会葬身在冰雪堆里——想想真有些后怕。

他俩的心头涌起死里逃生的感觉。

这时，一切的喧嚣骤然从耳际消失，听不见暴风雪的吼叫，也没有冰崩雪坠的声响，大地突然异常静谧。他们如同从炮火连天的战场突然闯入静寂无声的大森林里，疲惫紧张的神经一下子松弛下来。

只有雪地车发动机在发出沉闷的轰鸣，像秋虫唧唧，越发增添了极夜的沉寂。

头顶的天空残云飞逝，风雪不知什么时候停止了，也许这儿根本没有出现过暴风雪。

天地似乎也疲倦极了，悄然安睡。

哈迪姆迷迷糊糊睡着了，蜷缩一团，挤在食品袋旁。桑岩却没有睡意，陷于沉思。

他对寻找吉野荣夫已经失去信心，刚才发生的险情，使他对这次行动的正确性也产生了动摇。贡多斯——那个心地善良的阿根廷电信工程师的话是有道理的，极夜外出找人无异于自杀，因为黑暗、寒冷、暴风雪以及无处不在的冰裂缝，随时随地可置人于死地。作为一站之长，桑岩懊悔不已，他怎能一时冲动做出这样莽撞的决定呢。

吉野荣夫的踪迹在茫茫风雪中全然消失，生还的希望相当渺茫。他和哈迪姆心里对这一点都很清楚，只是谁都不愿意捅破这层窗户纸。不过，经历了刚刚发生的事情，桑岩的心里突然亮堂起来，他意识到此时此刻他们的处境相当危险，当务之急是立即脱离险境。他估计暴风雪已经过去，必须毫不犹豫地抓住有利的时机。

桑岩想到这里，立即提着应急灯，走出雪地车。他想仔细检查一下车况，看一看周围的地形。

雪地车的状况使他放心。猛烈的冲撞和那一阵劈头盖脸的“冰雹”，没有造成多大麻烦，只是车盖的金属顶篷留下了大大小小的麻点。车身像是什么也没有发生，连挡板也未变形，雪地车的抗冲击性能看来无可挑剔。

桑岩像称赞自己的坐骑一样用戴手套的手拍了拍车盖，脚下的雪地靴踩着碎银散玉咯吱作响。气温很低，哈出的气在胡子眉毛上凝结成霜，他将手里的应急灯举过头顶，朝四下里望去。脚下的冰川缓缓下降，两旁熠熠生辉的冰墙高度也在降低，不像冰崩地带那样陡峻。他试着往前走去，视野开阔起来，朦胧的夜幕中依稀可辨前面是个宽阔的盆地，像是一口大锅，只是天色晦暗，盆地中雾霭沉沉，如烟似雾的白色光带游移不定，像神秘的幽灵忽隐忽现，看不见脚下有多深多远……

他不敢再往前走，因为脚下的积雪愈来愈厚，每迈一步都要费劲地拔出腿来，才能往前移动一步。而且，寒气从脚下传来，穿透身上厚厚的御寒服，他感觉浑身像淋了水一样冰凉冰凉的，他知道，不能在露天里停留过久，否则会冻僵的。

桑岩急忙掉过头返回雪地车。他猛然发现车灯暗淡昏黄，似乎支撑不

住快要熄灭了

“不好！”他暗暗吃惊，快步奔上前去。

他拉开车门，车内的温度明显下降，电暖气的作用微乎其微，已经没有多少热气了。

桑岩这下吃惊不小，他立即唤醒哈迪姆，俩人分头检查，哈迪姆看了看电瓶，发现电快用完了。桑岩也是一脸丧气，油量表已经发出红色警告，车上的油也快告罄。

没有油和电，雪地车很快就会变成一堆废铁，变成无法生存的冰箱。

桑岩和哈迪姆商量片刻，决定把雪地车开到避风的安全之地，这里地处冰川地带，上游的冰雪崩坍下来，那将是相当危险的。据哈迪姆推测，暴风雪之前天气异常宁静，这样无风晴朗的天气往往是暴风雪袭来的前兆，必须尽快找到避风的地方，做好最坏的打算。

桑岩此刻只想早早脱离困境，但并无良策。根本无法判断他们的准确位置，也不知道避风的安全之地在什么地方，但他还是要试一试，因为待在原地不动绝非上策，单是没有暖气，冻也要将他们冻死，何不碰碰运气呢？

他启动马达，顺着冰川的流向滑动。油表的指针在接近“0”处跳动，他索性关上油门，靠惯性让雪地车前进。

起初，雪地车的速度很慢，桑岩担心它会陷在冰面的雪堆里，他几次试图打开油门，用最后的一点燃料驱动车轮，但是他的担心是多余的，穿过一处平缓的雪坡之后，他不得不将车轮换成钢铁的履带，因为雪地车像加足了马力一般，飞快地滑行，速度快得令人晕眩。哈迪姆尖叫起来：“快，拉住手闸！”

这时的雪地车如同一块从山坡滚下的石头，要想让它停住是完全没有指望了。光溜溜的冰面无遮无拦，像涂了润滑油的钢板一样平坦光滑。在桑岩的印象里，南极的冰原无一例外是崎岖不平的，狂风像锋利的刀具，雕刻切削，塑造了千姿百态的冰塔、冰沟和冰陡坎，尖利的冰面寸步难行，可是眼下的冰面光滑如玻璃，令人难以置信。

“真像人工的溜冰场……”这个念头在脑子一闪，桑岩倒是后怕了，倘若下面是冰冻的大海，后果不堪设想，而此刻雪地车如同高速行进的火车向下俯冲，速度惊人。哈迪姆大惊失色，喊叫道：“不行，快停住，否则我们会粉身碎骨！”

桑岩将手闸和脚闸都用上了，但无济于事。“没有办法，减速伞不管用了，减速器好像也不大顶用……”他一面按动仪表盘上的揿钮，一面气咻咻地说。

雪地车在失控的状态下几乎快要飞起来，挡风玻璃前面一道炫目的光带扑面而来，桑岩和哈迪姆不约而同地闭上眼睛——在这种情况下，他们只能听天由命，任凭命运的安排了。

不料，当他们做好死的准备时，雪地车却像是被一只无形的巨掌轻轻地托了起来——它像只弹性极好的足球，轻飘飘地弹跳了几下，然后又稳稳当当地落下，停住不动了。

当桑岩和哈迪姆睁开眼睛时，他们不由得交换了一下惊诧的目光，因为雪地车不仅没有发生预料中的翻车事故，而且丝毫未损。这简直是不可想象的奇迹。

哈迪姆探身朝挡风玻璃外窥望。忽然，他失声怪叫道：“你瞧，这……这是一条……一条有水……的河……”

一条有水的河！这句话如果在地球的其他大陆，那是没有什么奇怪的。但是在南极冰原，如果不是谎言就是疯话了。

“你……你是不是有毛病？”桑岩用异样的目光仔细打量哈迪姆，揶揄道。

“真的，有水呀，你看！”哈迪姆的脸贴着玻璃，双手在上面拍打着，十分兴奋的样子，“哇，好宽阔的水面，我们的车子就在河里，你快看呀！”

桑岩似信非信地向外望去，不由得惊呆了。夜色朦胧，没有月亮，但深邃幽远的深蓝色天幕镶嵌着钻石似的星星，天很高，很神秘，没有一丝云彩。星星在寒夜中瑟瑟发抖，不时有一颗星在大气中燃烧，拖着带火焰

的尾巴，转瞬之间又消失了。

在星光和雪光的映衬下，一条波光粼粼的河在眼前晃动，不知从哪儿来，也不知流向何处。在河的两岸依然是银色的冰、银色的雪，像是海市蜃楼，又像是舞台上的布景，真假难辨，看不真切。

这怎么可能呢？桑岩揉了揉眼睛，又擦了擦玻璃上的水汽，他无法相信在南极腹地会有一条流动的河，作为一个极地冰川学家，他不能轻易相信这样荒谬的现实。

他打开车门，决定出去看个究竟。

哈迪姆大概也是抱着同样的想法，从另一边开门而出。

“哎呀，糟了！”哈迪姆刚迈出的腿又赶紧缩了回来。

桑岩发现，雪地车陷入河床，他的脚下竟是缓缓流淌的水。不清楚水有多深，但他的长筒雪地靴已经进水，像是钻进了一条冰冷的蛇。

桑岩慌忙退回车里，他找出两个装雪样的塑料瓶，灌满了水，打算回去化验化验。

他们心头掠过一阵困惑，惊愕的目光盯着窗外。

他们没法不感到惊讶。很久很久没有见过一条淌水的河了，河流、鲜花和绿色的树木，似乎已是很遥远的往事了。

眼下，在冰天雪地的南极大陆，居然有一条不知名的河流，在他们脚下奔流。

这不是梦，难道是眼睛的幻觉？

正当他俩神思恍惚时，哈迪姆又惊叫起来：“桑岩，瞧那边！灯光——”

桑岩几乎是和他同时发现灯光的，是那冰雪的河岸，闪烁着明晃晃的光柱，不是一个，而是四五个光柱。绝对不是错觉，光柱在迅速移动，朝他们这边射了过来，像是发出一种特别的信号。

“是不是有人？”桑岩紧张得喘不过气来，低声道。

哈迪姆用手抹了一把脸，答道：“这一带没有听说过有哪个国家的考察站……”

“也许是遇上了探险队吧，好像还有不少人。”桑岩突然兴奋起来。

南极的冰天雪地，每年都吸引着不少国家的探险队，像珠穆朗玛峰为登山家所向往一样。

“对呀，说不定和我们一样迷了路，”哈迪姆欣喜地说，“快开灯！”

桑岩打开了前灯和尾灯，但灯光十分暗淡，发出昏黄发红的光亮。

正当他们揣测不定的当儿，河对岸的冰坡开过来两辆庞然大物，明亮的探照灯射出的光柱划破夜幕，迸射出耀眼的光芒，眼前的冰盖断崖和堆堆残雪清晰无比。桑岩和哈迪姆睁不开眼睛，慌忙用手挡住刺目的光束，在这瞬间，桑岩大惊：“水陆两用坦克！”

话音刚落，那两辆水陆两用坦克轰隆隆地涉水而来，一前一后将雪地车拦截。探照灯的光束将雪地车死死咬住。

“不许动！放下武器！双手放在脑后，统统出来！”

一个威严而带杀气的声音在夜空回荡。

喊话是用英语、日语反复交替讲的。

不一会儿，桑岩举起双手走出雪地车，哈迪姆也随之而出。

他们莫名其妙地做了俘虏。

三

桑岩和哈迪姆糊里糊涂做了俘虏，接着又糊里糊涂被关进了一间黑咕隆咚的房里。

他们是被蒙了眼睛走过一段很长的路才到达关押地点的，既不知方向，也看不见沿途的景物，甚至连抓他们的人长什么模样也不知道。

他们只听见水陆坦克的履带隆隆声和一些人的窃窃私语。桑岩懂日语，听出他们讲的是日语，因此断定他们是日本人。

他们的雪地车也开了过来，大概日本人给雪地车补充了燃料，将雪地车作为战利品一同缴获了。

但是，除此之外，桑岩和哈迪姆弄不明白对方的身份，也不清楚将他们抓起来的目的何在。

桑岩心里很坦然，一点儿也不感到害怕，因为南极不同于地球上其他地方，这里没有国界，不属于任何国家，这块一千四百万平方公里的冰雪世界是全人类的共同财产。

而且，据桑岩了解到的情况，至少到目前为止，任何一个国家的南极科考站，对别的国家的科学家，都无一例外地敞开大门，提供研究和生活的方便，这是约定俗成的规矩。

用武力扣押别国科学家，过去从未听说过，也是不可想象的事。

可是，眼下发生的事如何解释呢？桑岩和哈迪姆都困惑不解。

他们在黑房间里被关了三个多小时，蒙眼睛的黑布在进屋时已经去掉，但眼前依然漆黑一团，连一丝光亮也没有，房间没有窗户。所幸的是，里面很暖和，有暖气，不至于挨冻。哈迪姆有些沉不住气，挨在桑岩身旁，说道："他们将我们关在这儿，既不来人，也不过问，是不是想饿死我们……"

桑岩刚才在黑暗中仔细检查了这个房子，发现脚下和四壁都是富有弹性的塑料，摸起来像是一种特殊的化学材料。房间不大，长宽各四米左右，里面有一张桌子和两张行军床，旁边有个很小的卫生间，但是他摸了半天，也没有找到电灯开关一类的装置。

桑岩脱掉进了水的雪地靴，将毛袜子也捋下来，光着脚倚在行军床上，一床毛毯盖住了双脚。

"你放心，他们不敢拿我们怎么样，"桑岩双手垫在头部，淡淡地说，"我听那几个日本人讲，他们马上找什么村长去报告，好像这是事先有过交代的，所以我估计待不了多久，他们准会来找我们。"

"村长？"哈迪姆不懂日语，所以感到十分惊讶，"难道这里有日本人的村庄……”

说者无心，听者有意，哈迪姆这样提醒，桑岩霍地坐起。

虽然黑暗中看不见他的表情，但桑岩的脑海里却像开冻的大海掀起阵阵波澜。这几天的事情，他越想越觉得蹊跷。且不说吉野荣夫的擅自出走，就以今天发生的种种怪事来说，也令人百思不得其解。为什么盆地的边缘如此光洁平滑，像是磨光的凹镜？为什么会在冰冻的南极腹地出现一条河流，水量是那么大？当然，最令人困惑的还是他们遇到的这群蛮不讲理的日本人。他们是什么人，在南极干什么，为什么对他们如此粗暴无礼？这些都是无法用常理来解释的。

桑岩无法想象这里会有人类居住的村庄。他很清楚，自然条件的严酷，寒冷，暴风雪，没有绿色植物，终年冰天雪地的恶劣环境，使人类无法在这里永久居住。虽然几个世纪以来，有人试图在这个冰雪世界建立永久居住地，但是代价太昂贵，维持不了多久都失败了。

然而，他立即否定了自己的想法。

“嗯，事情看来不那么简单。我想，也许这是一个我们所不知道的居民点，日本人偷偷摸摸在这里建的，因为科考站都是公开的，各国都是如此，没有必要这么神神秘秘，日本人也许想在这里搞什么名堂……”桑岩说。

“对，我也这么想。日本人对南极的资源，石油、天然气，还有贵金属，历来怀有极大的兴趣。我听吉野荣夫说过，日本的极地研究机构从上个世纪以来一直将开发南极矿产资源作为最重要的研究课题，政府给予投资。吉野荣夫也对此毫不掩饰，他说日本是个资源匮乏的国家，他们理所当然对南极的地下资源有兴趣……”

“其实，日本岂止是对南极的矿产资源感兴趣，”桑岩接过话茬道，“当然，公平而论，不仅仅是日本，许多国家对南极的领土都提出了自己的要求，企图将南极瓜分掉，因为这块土地是非常诱人的蛋糕，谁都想分到最大最好的一块。但是，所有这些要求，目前仍然停留在口头上，或者文字上，谁也没有真正付诸行动。我们今天遇到的日本人的情况却另当别

论，他们对我们闯入他们的领地显然十分恼火，采取了无礼的行动，这正说明他们有不可告人的秘密……”

“你认为，日本人有什么不可告人的秘密？”

“我也搞不清楚，但是你也注意到了，这里出现了一条河流，真正的河流，而不是冰冻的河流，这一点说明了什么呢？”桑岩将话题一转，朝哈迪姆那边望去。

“啊，这里……”哈迪姆一惊，连声说，“难道说日本人已经提前行动，把他们的太阳旗插到南极冰原了吗？”

想到这一点，他俩都有不寒而栗之感。

桑岩的脑海像闪电照亮黑暗中的景物一样，那封存在记忆库里难忘的一幕清晰地浮现眼前。

那是五年前一个星光暗淡的深夜，他乘的考察船航行在南太平洋——前天他们离开椰风蕉雨的塔希提岛，此刻正在日夜兼程驶往南方的冰雪世界。

他当时是中国南极考察队的一员，那也是他第一次去南极。

在舱室狭窄的床上，他迷迷糊糊地睡着了，浪涛有节奏的澎湃声伴他入眠。忽然，他被人叫醒，值班的大副站在床前。

“醒一醒，桑教授，请您到驾驶台来一趟，”大副说，“前方有一艘不明国籍的船只，他们拒绝通话，我们通过各种频道与他们联系，对方始终不予回答。但从电台接收的信号看，他们用日语频繁地联络，你能不能试试用日语问问他们，免得发生意外……”

桑岩一听，睡意顿消，急忙披上衣服。他懂日语，这是大伙儿知道的。

他随大副来到驾驶台，从挡风玻璃望去，黑黝黝的海面波涛翻涌，夜幕低垂，看不清五百米以外的景物，但是睁大眼睛，仍能在黑暗中发现船只的模糊轮廓，影影绰绰，看不清楚。

忽地，桑岩大惊：前方并不是一艘船，而是一支庞大的船队。

值班的大副也吃惊地发现一艘艘船只的轮廓，像幽灵一样向前飘移。

桑岩这时的感觉无异于黑夜中看见一列火车，那一节节车厢在眼前晃动，却始终看不见尽头。

他冲进电讯室，从报务员手里夺过话筒，用日语喊道："喂，这里是中国考察船'极地'号，请你们规避，并通报船名、航速、驶往目的地，请回答……"

过了片刻，对方答道："谢谢你们，我们是日本捕鲸船队，航速17节，航向195度，我们的目标是前方的鲸群……"

听到桑岩的翻译，值班大副立即下令"极地"号减速，因为再晚一步，不可避免要发生船只相撞的事故，太危险了。

桑岩默默地望着那支日本的捕鲸船队在黑暗中消失，心中却顿生疑窦。目前并不是捕鲸季节，何况捕鲸已是国际社会明令禁止的非法行动，日本还敢明目张胆地派出一支捕鲸船队在大洋上游弋？这不合常理。另外，据值班大副说，这支船队根本不像捕鲸船，吃水很深，而且像战时一样实行灯火管制，几乎看不见一星灯光，这也令人费解。此外，他们拒绝通话，行动诡秘，这也不合乎国际惯例……所有这一切都令人百思不得其解。

此刻，这一幕发生在多年前的情景，异常鲜明地突现眼前，桑岩联系今天的遭遇，不禁怀疑这是不是日本在秘密向南极移民。对，他们有发达的航运系统，拥有全世界最多的商船，加上目前先进的隐形技术，要实现移民南极，并不是十分困难的事。

他越想越觉得这是完全可能的，自己当时为什么没有朝这方面想呢？也许，全世界一切善良的人都被日本人蒙骗了。

不知过了多久，蓦地，房门一阵响动，像是钥匙开锁的声音，接着，沉重的门"吱呀"一声从外面拉开，只见一个人手持应急灯跨门而入。

桑岩和哈迪姆霍地从行军床站起，定睛朝来人望去，不禁大喜过望。

来人正是离站出走的日本科学家吉野荣夫，他将应急灯高高举起，朝房里四处张望。

“吉野——”桑岩和哈迪姆同时喊道。

吉野大步上前。“我猜就是你们，桑岩，哈迪姆，你们受委屈了……”他气喘吁吁地说。

桑岩发现，吉野浑身直冒热气，脸上流汗，说话时上气不接下气，他显然是急匆匆地跑来的。

“吉野，你说清楚，这是搞什么名堂？”哈迪姆双手抓住吉野的肩膀，疾言厉色地质问，“你为什么一个人偷偷跑了，害得我和桑岩队长在冰天雪地里找你快一个星期了，差点送了命，现在又将我们像囚犯一样关起来，你们日本人要想干什么？”

哈迪姆确实是发火了，好容易找到了发泄的对象。

桑岩也用责备的目光审视着这个日本人，只是不想开口。

吉野满脸尴尬的神色，他挣脱哈迪姆的双手，将求援的目光转向桑岩：“桑君，我知道对不住你们，但现在不是解释的时候，请你们相信我……”

哈迪姆松开手，但依然咬住吉野不放：“哼，你凭什么要我们相信你？”

吉野的嘴唇嚅动，一时语塞。

“哈迪姆，让他说吧……”桑岩调解道。

吉野将感激的目光投向桑岩，接着说：“事不宜迟，你们赶快跟我走，到一个隐秘的地方躲起来。因为情况十万火急，有人准备加害你们，我是冒着杀身之祸跑来救你们的。至于详情，以后我会原原本本告诉你们的……”

吉野这番话是真是假，桑岩他俩无从判断，此刻只能信其有不能信其无，谁知道会发生什么事情呢。

“当然，最安全的地方是我们的希望站，不过目前走不了，我估计他们早有防备，主要的通道都派人封锁了。这会儿天气很好，很难避开他们的耳目，所以我看你们暂且和我一起，先找个隐蔽的地方躲一下……我在这里有不少好朋友，他们是靠得住的。”吉野答道。他所说的“他们”究竟是谁？桑岩和哈迪姆一无所知。

哈迪姆意欲开口，见桑岩用目光阻止，便没有提出反驳。

“事已如此，我看只好这样办。吉野，你要说话算话，必须保证我们的绝对安全。希望站的全体人员都知道我们俩是为找你而来的。他们现在一定也在设法寻找我们的下落，如果我们有什么不测，他们肯定要找你们算账，那时候，恐怕就会酿成国际纠纷，请你考虑。”桑岩的话软中有硬，含有无形的威慑力量。

吉野频频点头，“是，是……”他说，“桑君，我正是有此考虑才来救你们，请绝对放心！”

说着他们走出黑牢房，外面空气凛冽，夜空寒星闪烁，碧蓝澄澈，无限深邃。桑岩注意到，他们身后是陡峭的冰崖，关押他们的是个集装箱房屋，像是半埋在冰崖脚下的一口棺材。周围犬牙交错的冰峰寒光逼人，好似一座迷宫。

他想起来还很后怕，关在这里除了等死，逃是逃不脱的，因为到处都是冰天雪地。倘若吉野不来，再过几天，他和哈迪姆恐怕就会活活饿死。

冰坡下面停着一辆雪地车，吉野招呼他们上车。

远处，凹陷的盆地中央无数灯火闪闪烁烁，如放置盘中的粒粒珍珠，熠熠生光，像是一座繁华的城市。

桑岩和哈迪姆吃惊地望着远方的灯火，简直难以置信，因为在南极的冰原上，不可能有一座城市。

这是幻觉还是梦境，他们说不清楚。

雪地车开足马力，悄无声息地朝盆地中央驶去……

四

当灯火越来越耀眼，雪地车驶入盆地中央时，坐在后排座的哈迪姆突然厉声喊道："吉野，停车！"

扶着方向盘的吉野吃了一惊，急忙刹车，转过头问："哈迪姆君，你……"

"你……你是不是要出卖我们？"哈迪姆消瘦的脖子上青筋毕露，手不停地指着窗外，"你没有看见？前面有很多房子，那里都是你们日本人，你是不是要把我们往虎口里送？"

见哈迪姆这样说，吉野圆圆的脸上反而漾出笑容。

"你不要神经过敏，我的车上有特殊通行证，在这里通行无阻，没有人敢检查我的车子，这是其一。"吉野慢条斯理地说，"其二，现在是深夜三点，所有的人都睡觉了，不会有人发现我们……"

桑岩这才注意到，雪地车的挡风玻璃右上角贴了一块黄色的圆纸片，上面有个响尾蛇的图案，也许这就是吉野所说的特殊通行证吧。

吉野这样解释，哈迪姆无言以对，但这个精细的以色列人仍然将信将疑。

也许是为了证实自己的一番表白，吉野驾着雪地车朝灯火阑珊的冰雪城市开去。

桑岩和哈迪姆被眼前的景象惊呆了，因为在他们前面的是一座规模相当可观的冰下城。

穿过一道长达五公里的冰下隧道，眼前豁然开朗，竟是纵横交错、十字交叉的街道，街道约有10米宽，当中是一排粗大的方形冰柱，像水晶玻璃闪闪发光。街道两旁，就像中国黄土高原的窑洞，在坚厚的冰层开凿出了一间间房屋，但每幢房屋的外墙和门窗式样各异，装饰成不同风格。

如果不是亲眼所见，简直无法相信他们置身于南极的冰下世界。街道的顶上是坚实厚重的冰层，而且据吉野介绍，整个冰下城共有三层，每层之间有电梯沟通，其结构大同小异。在主街两旁的步行道，安装了自动双向传送带，行人只要踏上步行道，便可以方便地到达目的地。

吉野边开车边说："为了防止冰层融化，所有冰层裸露的地方都涂抹了一层透明的隔热防渗胶，所以看起来似乎和原始状态的冰没有两样，实际上是不会融化的。"

"那么，这里的温度是否需要保持低温？"桑岩很感兴趣，问道。

雪地车拐了个弯，驶向一条略窄的马路，两旁的商店橱窗闪着五光十色的霓虹灯，但卷帘门大都关闭，看不见一个行人。

"整个城市的温度由中央空调控制，永远保持15℃，另外空气的净化和湿度也是自动调控的，在每个小区都建有一座空气调节站——这个城市共有99个小区。"吉野答道。

哈迪姆还想问点什么，雪地车已悄声停在一家挂着花木店招牌的屋前。

"到了，你们先下车，我把车子开进车库。"吉野说。

桑岩和哈迪姆走出雪地车，置身在城中的步行道，这才感到暖意融融，有种春回大地的感觉。

对面的店铺，有卖寿司的食品店，有卖服装、皮鞋的，还有卖文具和电器的……用日文书写的牌匾和白底黑字的圆柱形灯笼，使人恍若置身于东京的街头，哪里会相信这里是南极的冰盖下面。

"请进屋吧——"吉野将车开进附近的车库后，站在花木店门前，召唤桑岩他们。

桑岩和哈迪姆有点神思恍惚，仿佛梦游一样，跟着吉野踏上门前的几级台阶。当屋门在身后关上，俩人被眼前的景象惊呆了。

他们仿佛走进一座姹紫嫣红、青翠悦目的植物园，房梁上吊的，架

子上摆的，地上堆放的，尽是一盆盆花木，有含苞待放的月季，有幽香淡雅的水仙，有清香袭人的米兰，有雍容华贵的牡丹，也有一些观赏绿色植物，还有的叫不出名目。最惹人喜欢的还是靠墙一溜各显风姿的樱花，单瓣的，重瓣的，华丽的，素雅的，争奇斗妍，美不胜收。

哈迪姆不由得伸长鼻子到处嗅、用手摸。“这是不是塑料的？”他转脸问吉野。

“店里有现代化的温室、人造阳光，什么花木种不出来？！”吉野颇为得意地说。

“啊，照你这么说，也能长蔬菜、种庄稼？”桑岩站在一盆灿然怒放的八重樱旁问道。

吉野笑了起来：“不瞒你们二位，这座冰下之城的居民，他们每年所消费的粮食，每日三餐的蔬菜、肉类、蛋禽，都可以自给自足。如果有时间，我可以陪你们去参观这里几家现代化的农场和温室……”

花木店的前厅后面，拉开一道隔扇门，便是个小巧的客厅，吉野脱下脚上的雪地靴，让他俩如法炮制，自己从一侧的隔扇门进入内室。

客厅是典型日本风格的榻榻米，墙间是一幅日本名画家东山魁夷的富士雪峰图，当中摆放一张方形矮桌，靠墙摆着坐垫。桑岩和哈迪姆脱了鞋和身上臃肿的衣服，仅穿了一件毛衣，然后席地而坐。

“这是谁开的花木店？”当吉野换了一身宽松的玄色绲边和服走入时，桑岩劈头问道。

双手交叉拢着袖子的吉野答道：“不瞒二位，小店的老板，就是内子——”

内子，即是谦称自己的妻子。这么说来，是吉野荣夫的妻子开了这家花木店。

桑岩和哈迪姆几乎不敢相信自己的耳朵，因为吉野荣夫过去从未提过这件事。

“你老婆也跑到南极来了？！你擅自离站，就为的是会你老婆？”哈迪姆火冒三丈，连损带挖苦道，“你也好意思，我们谁没有老婆孩子。都快三年了，谁都把感情埋在心里。你却偷偷摸摸跑来跟你老婆调情，害得我们差点送命……”

如果不是桑岩连连阻止，哈迪姆准会用最刻薄的话骂得吉野狗血淋头。但是，善于察言观色的桑岩发觉，吉野的脸白一阵红一阵，满脸的悲戚。他是个刚强的汉子，此刻却像霜打了一样，垂头丧气，眼里泪花闪烁。

半晌，吉野用宽大的袖口揉了揉眼睛，开口道：“你们根本不了解我，我绝不是那种只顾自己不顾别人的卑鄙小人……”

“那你做何解释？”哈迪姆不依不饶。

“说来话长，有的事也并非三言两语说得清楚，”吉野长叹一声，“这样吧，我想你们是又饿又渴了，我弄点吃的来，你们边吃边听我从头道来。”

说罢，不管他们是否同意，吉野又拉开隔扇门进到内室去了。

“这小子……不会是在耍什么花招吧？”哈迪姆望着吉野的背影，轻声说。

桑岩没有吱声，摆了摆手，示意哈迪姆不要多言。

过了片刻，吉野端出一个盘子，里面有几样小菜和两大碗热气腾腾的面条。桑岩和哈迪姆这时也不客气，像风卷残云一般将它们吃个精光。吉野盘腿坐在一旁，也不开口，像是心事重重的样子。

“吃饱了吗？”吉野见他们放下碗筷，问了一句。

“这是你今天做的头一桩好事，我可是饿扁了。面条的味道真不赖，到底是女人的手艺，你为什么不请你夫人出来和我们见见面，难道还像阿拉伯人一样男女有别？”哈迪姆吃饱了饭，情绪也有所好转，一边收拾小桌上的碗筷，一边和吉野说。

“是呀，我们应该向嫂夫人表示谢意，给我们做了这样好的饭菜。”桑岩附和道。

吉野的心情并没有因为他们的话语而变得轻松起来，他似乎没有听见，依然像泥胎菩萨一样端坐一旁，脸色越发阴沉。

“吉野，你这是怎么啦？说话呀！”哈迪姆用拳头朝他的胸膛捅了一下，催问道。

吉野一惊，从冥想中惊醒过来。

“不瞒二位，内子并不在这里。”吉野抬起眼睛，目光是那样哀伤，包含着万般苦楚。

“不在？她……她在哪儿？”

几乎同时，桑岩和哈迪姆不约而同提出这个问题。

“她……在医院，离这里不远有家很好的医院，设备是一流的，医生也很有水平，但是对于我的枝子——她叫吉野枝子，这些已无济于事。她已经没有多少时间了，也许今天，也许明天、后天，都是迟早的事情……”

吉野讲到这里，泣不成声。他双手抱头，伏在小桌上，肩膀不停地抽搐，无论桑岩他们怎样劝，吉野也抑制不住内心的悲伤。

良久，吉野擦干泪水，抬起头，向他们透露了他擅自离开希望站的缘由。

这番话，道出了南极冰原的滚滚风云……

五

“欢迎光临，见到您真高兴，您总是那么年轻、漂亮。这次又飞到哪里去了……”

作为空中小姐的吉野枝子，每次回家度假，一进渡船码头，那位长了一双长寿白眉毛的渡边秀树——他是“白濑”号渡轮的老船长，总是像欢迎远行归来的孙女的老爷爷一样，对她这样客气。

久而久之，吉野枝子只要见到渡边秀树，见到那艘双层的绛红色船舱的渡轮，她的心里就觉得踏实，有一种回到家的感觉。

“白濑”号渡轮是从大陆开往海中一座名叫秀岛的岛屿的定期班轮。每天往返四次。岩岸陡峭、山岭逶迤的秀岛面积不大，却以风景秀丽远近闻名。岛上林木葱郁，温泉汩汩，即使是大雪覆盖的冬天，那里的温泉旅馆也是游客盈门。吉野的一幢西洋式的小别墅就在岛上松林环抱的山谷里。

枝子和吉野荣夫自打结婚后，卖掉了城里的两处房子，加上他们多年的积蓄，在这个远离城市的小岛上构筑了爱的小巢。他俩趣味相投，对城市的嘈杂、喧嚣和有毒的空气早就厌烦透了，而隔着一道只有五公里海峡的秀岛给了他们难得的安宁和清新的环境。

他俩的职业特点也促使他们下决心在秀岛定居下来。吉野荣夫不用说了，他在婚前就开始了对南极的研究，每隔一两年都要去遥远的南极冰原，枝子常笑他像个迁徙不定的候鸟。回到日本，他在家里用电脑就可以和世界联网，安心从事他的研究。秀岛的海浪、松涛和隔绝尘寰的宁静，最适合他潜心研究。至于枝子，空中小姐的生涯本来就是漂泊不定的，她一会儿飞巴黎，一会儿飞悉尼，航线并不固定，工作起来没日没夜。但是空中小姐的假期是集中使用的，每个月的疯狂飞行之后，接踵而至的是十五天的休假。于是，秀岛的清风、碧波，满山的黑松林和那令人惬意的温泉浴，使枝子紧张的神经和疲惫的身体得以重新获得活力，枝子常说秀岛就是她的加油站。

不过，枝子当初选中秀岛还有别的更深层次的原因。一来她和吉野荣夫是在秀岛的一次旅行中邂逅的，他们在温泉旅馆中不期而遇，由此而迸发出爱的火花，终于缔结良缘。枝子对这难忘的恋情始终铭记于心。再者，她是个喜欢侍弄花草的女子，他们在秀岛的小窝房子不大，却有半亩大小的庭院，这在寸土寸金的城市简直是不可想象的奢侈品。枝子每次回家，最大的乐趣就是拾掇她的小花园，她种了上百种花花草草，有时还从国外弄回名贵花木的种子，将小小庭院装扮得姹紫嫣红，为此县里的电视台还专门采访过她，请她在家庭布置的栏目宣讲过。

枝子对花草也很用心，她买了很多关于栽花技术的书籍和录像带，也常常向花店的技师们讨教，至于插花艺术方面，她下过不少功夫，闲暇时候，她还给插花杂志写些小文章。

“我将来从航空公司退休后，自己开一家花木商店，我想一定会经营不错的。”她常常对吉野荣夫这般说。

因为按航空公司的规定，空中小姐的退休年龄不能超过三十岁——枝子已经二十六岁了。

渡边秀树——“白濑”号渡轮的船长——只要不当班，也是枝子花园里的常客。老船长是个“花痴”，除了上班开船，业余时间几乎百分之百消磨在房前屋后的庭院里。和枝子不同的是，他专门搜集各种品种的樱花。春天时节，他那方寸之地绯红一片，仿佛是不落的彩霞，叫人赞羡不已。

就因为他们都有爱花惜花的嗜好，又是彼此相距不远的邻居，常常互相走动，欣赏各自的杰作，久而久之，枝子和渡边秀树结成了忘年之交。

吉野荣夫去南极的第二年春天，正是樱花时节，枝子又出了一趟远门。她这次随公司新开辟的航线，从东京飞往巴西的里约热内卢，又从南美直飞澳洲的悉尼，一往一返，回到东京已经是樱花凋谢、花絮纷飞的日子了。

枝子又有半个月的假期，她打算像往常一样，从东京乘新干线的火车当天回到秀岛的小屋。她很惦念花园里的花花草草，虽然临走时她托渡边秀树照料她的宝贝，但她一直放心不下。何况，这半个月来，吉野荣夫会给她打电话的，录音电话中会记下吉野荣夫的留言，她很想念远在天涯、分别多时的丈夫。

飞机在羽田机场降落时，下起了蒙蒙细雨。当枝子坐上晚上九点最末一班新干线火车时，车窗的玻璃被密密的雨点打得咚咚直响，雨是越下越大了。车厢空荡荡的，只有很少的乘客。枝子独自坐在窗旁的座位，不由得将薄呢子短大衣拉紧，她有点冷，密封的车厢似乎也挡不住料峭的春寒。

她闭上眼睛，连日缺乏睡眠使她那张鹅蛋形脸庞有些苍白，眼睛四周一圈黑色。她现在既没有食欲，也不想喝什么，只想美美地睡上一觉。“再忍耐两个小时就到家了，好好地洗个痛痛快快的温泉浴，睡上一天一夜……”她心里默念道，实际上，火车用不了两个小时就能到目的地，时间还绰绰有余。她不止一次坐过这趟末班车，下了火车还赶得上开往秀岛的末班轮渡。也许，还是渡边秀树值班哩。

不知不觉，枝子头靠椅背迷迷糊糊睡着了，她睡得并不踏实，火车的呼啸声，窗外的疾风骤雨声，以及说不清是什么的喧嚣声，她听得清清楚楚，过了一会儿，她什么也听不见了。

突然，火车头尖厉刺耳的啸声划破了深夜的寂静，那高一声低一声的尖叫听起来十分凄凉，惊心动魄。经历过战争的人以为是空袭警报，而在枝子的耳朵里，那简直无异于弱小的动物在惨遭屠戮时发出的哀鸣，真叫人的神经受不了。

所有的乘客，不管是睡着的，还是醒着的，一个个惊慌失措，有人从座位上霍地站起，也有人吓得蜷缩一团。从毗邻的车厢传来杂沓的脚步声和一声声惊叫。

“发生了什么事？！”枝子听见车厢里有人嚷道。

“是不是火车脱轨了？”

枝子刚想站起来回头张望，突然，她的头受到猛的一击，一股无形的力量将她那娇小的身躯整个儿托起，像腾云驾雾一样飞离了座位，她只觉得自己身体失去了重心，接着眼冒金星，一阵撕心裂肺的痛楚使她失去了知觉——她晕死过去了。

枝子醒过来的时候，发觉自己躺在一个陌生的房间，光线从房顶柔和地洒在她的脸上，四周和天花板雪白雪白，房间好安静，静得可以听见自己的呼吸。她想坐起，但是头像有千斤重，四肢和整个身体如同被绳索捆绑起来无法动弹。当她稍稍用力时，她觉得浑身像有几万根针在扎一样，疼痛难忍极了。

她的嘴唇翕张，像是在沙漠里一样干渴难耐。

“水……水……我要喝水……”声音微弱的枝子挣扎着。

忽然，枝子听见脚步声，有人欣喜地喊道：“她醒过来了——”

枝子费劲地睁开眼睛，几个模模糊糊的面孔在眼前晃动。渐渐地，她看清楚了，除了戴着白帽子的护士和医生，还有一个长寿眉的老人——渡边秀树。

“你不要动，这下好了。可把人急死了……”渡边秀树喃喃道。

“我这是在哪儿？我怎么啦……”枝子的脑子里像一团乱麻。

但医生不让渡边秀树继续说了。“你只是受了点轻伤，但没有关系，很快就可以好的，你现在什么也别想，好好休息。”那个有一撮小胡子的医生说。

年轻秀气的小护士用小钢勺子给枝子喂了几口水。

枝子的情况并不像医生轻描淡写的那样无妨。在新干线火车急刹车造成的事故中，她是七十八个受伤旅客中伤势最重的一个，她的头部受到重创，被诊断为脑震荡，肋骨断了三根，所以她被送进医院抢救时一直昏迷不醒。为了找到她的亲属，医院不得不求助于本市电视台，渡边秀树是看了电视才知道枝子出了事，于是匆匆赶到医院。

不过，这还不算是最大的不幸，一个多月后，当枝子脱离危险、坚持要求出院时，她才知道了最可怕的消息。

这个可怕的消息，人们一直瞒着她，担心她的神经受到刺激，会加重她的病情。

但是，瞒总归是瞒不住的。

那是一个晴朗的早晨，枝子第一次走出病房，由护士搀扶着来到洒满阳光的阳台。渡边秀树早早来了，他是来向枝子道别的。

枝子坐在一张白漆藤椅上，耀眼的阳光使她不由得眯着一双秀气的眼睛。

护士走开后，渡边秀树找了一张凳子坐在枝子对面。

“这些日子，给你添了不少麻烦，实在过意不去……”枝子躬身道。

“哪里的话，是我应该的，只是以后不能再为你做点什么了……我今天是特地来告辞的……”渡边秀树双手扶膝，讷讷地说。

枝子抬起眼睛注视着对方，不觉有些纳闷，“先生是要出远门吗？”她不能想象渡边秀树会离开他的“白濑”号渡轮，或者放弃他那开满樱花的小院子，因为她多次听老船长说过，那是他的命根子。“不会是跟我开玩笑吧？”她补充了一句。

但渡边秀树却没有开玩笑的心情，他那瘦削的长脸紧绷着，失去了往日常挂的笑容，目光是阴郁的，像是有满腹心事。

枝子今天的心情像天气一样好，鹅蛋形脸蛋上漾出笑靥，透出绯红的血色。她身材娇小，秀发齐肩，皮肤白净，乍一看活脱是个稚气未脱的女中学生。只是那一身白底长条纹的病员服，多少遮掩了她的姿色。

她见渡边秀树没有吱声，并不在意，因为她知道老船长不善言辞，再说她多日关在病房，今天第一次来到户外，她很想多看一眼户外的景色，“大概风雨飘零的春天已经寻不到踪迹了吧。”她想。

她的目光越过阳台的水泥栏杆，阳光晃眼，她手搭凉篷向远处眺望，医院病房的阳台恰好面对她常来常往的轮渡码头。这一带她很熟悉，那是一片店铺林立的热闹街区，轮渡的售票处旁边是一家小吃店，紧邻着的是一处咖啡馆和几家卖服装的铺子，她常光顾那些店铺。轮渡码头一带海岸，经常舟船如蚁，一片喧闹。上船的、下船的、等船的乘客熙熙攘攘；载客的、运货的、进港的、出港的船只，一派繁忙。码头对岸，隔着一道风平浪静的海峡，便可看见山青树绿的一座小岛，仿佛海中仙山，在雾气漫漫的黎明缥缥缈缈，美丽非凡。

枝子的目光投向渡轮码头，她先是惊讶，但是接下来如同一股凛冽的寒流袭来，她全身一阵战栗，继而脸色苍白，呼吸变得急促起来，她的目光随之也充满恐惧、疑惑和无以名状的悲哀。

这样的凝视持续了几分钟之久，枝子忽地一阵晕眩，头痛欲裂，她大叫一声，身子不由得瘫倒在藤椅上。

当她清醒过来时，泪水涟涟，“渡边先生，发生了什么事，为什么会这样……”她悲伤地攥住老船长的双臂，一直没有撒手。

枝子看见的情景触目惊心——码头那边，整条街房倒屋塌，像是战争时期被飞机投弹轰炸一样，只剩下一片瓦砾堆，没有一间完整的房屋。码头的情况更惨，掀翻的船只像死鱼一样船底朝天，挣扎在浑浊的浪涛里，有的船竟然上了岸，像退潮时搁浅在沙滩的鱼。但是，她的目光越过一片狼藉的渡轮码头，越过那道不算太宽的海峡，却发现那海上仙山一般的秀岛像一艘受到重创的军舰一样沉没了，海浪将岛上的山岳、岩岸以及她所爱的小巢无情地抹去，像抹去一个泡沫……

渡边秀树告诉她，就在她乘新干线返回家的路上，狂风暴雨的大海突然掀起巨大的海啸，事先没有任何征兆，伴随着一场海底地震——据地震台记录的震波，地震中心就在秀岛的海底——究竟是地震引起海啸，还是海啸诱发了地震，专家们众说纷纭，但是它所造成的损失却是无法估量的，秀岛上的五百多名居民无一生还。这边的海岸一带损失相当惨重，在瓦砾里寻找生者的抢救工作持续了半个多月，倒塌的房屋有一千多间，沉没和损坏的船只有两百多艘。至于其他沿海地带的城镇，破坏的程度虽然不及秀岛那样彻底，却也相当严重。

“……我是侥幸捡了一条命。那天晚上，因为风大浪大，‘白濑’号渡轮停止航行，我回不了秀岛，就到城里的朋友家里借宿，结果我得救了，锚泊在码头的‘白濑’号却被海浪掀翻，沉到了海底……”渡边秀树讲得很平静，痛苦已经使他近乎麻木了。

“那你在秀岛的房子，还有你的樱花，都没有了？”枝子无法接受这样的残酷现实，仍然提出这样愚蠢的问题。

渡边秀树的脸颊闪过一丝无奈的苦笑，什么也没有说，他心想：“你不是和我一样，一夜之间一无所有了吗？”但他不愿意说，怕伤了枝子的心。

“不可能的，一个那样大的岛怎么可能像小船一样沉了呢？”枝子发疯似的站起来，双手在空中乱晃，失声嚷道：“我的房子，还有我的小花园，我和吉野的一切……我该怎么办？我以后怎么活下去？我今后的日子怎么过？”

她的双眼暴突，叫嚷声变得声嘶力竭，像一头疯狂的野兽。她抓起藤椅，高高地举过头顶，朝阳台底下拼命地扔了下去。

枝子遭此强烈的刺激，她的精神全然崩溃了。

如果不是渡边秀树紧紧拦腰抱住，枝子说不定会出大事的。

六

枝子住的那家医院斜对面，一条僻静的巷子里有家小酒馆，渡边秀树独自一人盘腿坐在榻榻米上，面前的黑木小桌杯盘狼藉，几只空啤酒瓶横七竖八地倒在地上，他端起桌上的玻璃酒杯，动作迟钝地将酒杯慢慢地移向仰起的嘴巴，这才发现酒杯已经空了。

“老板娘……拿……拿酒……酒来……”渡边晃动手里的酒杯，大声地叫道，他的舌头已经不听使唤了。

他的两只迷迷瞪瞪的眼睛，血红血红，像是冬天旷野里的老狼，叫人怪害怕的。

小酒馆门面不大，进进出出的客人却不少，腰间系着一条白布围裙的老板娘正在手忙脚乱地给客人送酒送菜。

“来了，来了……”三十来岁、脸上有一颗美人痣的老板娘高声应道，但只是回眸瞟了渡边秀树那边一眼，并没有马上过去。

这是店里一天最忙的时候，墙上的电子钟指向晚上八点过一刻。虽然遭了一场大灾，城里的大街小巷到处残留着劫后的痕迹，但人们是不管这些天灾人祸的，似乎灾害反而刺激了人们的消费。反正过一天算一天，谁也不知道过了今天还有没有明天，所以城里的酒楼饭店、歌舞厅、夜总会、麻雀馆（日本的赌博场所，以打麻将为主要赌博方式）……反而生意

兴隆，客人爆满，就连这家并不起眼的小酒馆，如果不早来，都是很难找到座位的。

渡边秀树是小酒馆的常客，老板娘一家跟他很熟，见他已经喝得醉醺醺的，老板娘便忙着给别的客人端酒点菜了。

不料，渡边秀树见没有人理会他，勃然大怒，将酒杯重重地往墙上猛击过去，粗声粗气地嚷道："混蛋，你不要以为大爷的船沉了，房子也沉了，就瞧不起人，大爷有钱，有好多好多的钱……我不会欠你的酒钱，你凭什么不给我上酒……我这就给你钱！"

他边说边从腰间的一个皮革兜里翻找，取出一叠崭新的面额一万日元的钞票来。

老板娘见状慌忙放下手里的托盘，半蹲着连爬带跪地趋上前，一个劲儿地作揖哈腰。

"您甭生气，我这就给您送酒……来，来，来，我先给您这儿收拾……"老板娘一边道歉一边手脚麻利地将桌上的盘碟和空酒瓶收拾起来。

酒馆里烟雾腾腾，许多目光投向醉眼蒙眬的渡边秀树。

"大爷有的是钱！保险公司那帮王八蛋想赖账……我的船可是保了险的，他们想不给钱……你说这个世界还有没有天理……我说你不给钱咱们就上法庭，我雇律师跟你们没完……嘿，这帮王八蛋怕了，又软蛋了……你瞧，今天又通知我去领保险金……"渡边秀树唠唠叨叨地说，他完全醉了，控制不了自己。

老板娘只好嘴里一边敷衍，一边给他上酒，至于渡边秀树的话，她只当作耳旁风。这样的人每天都有，她司空见惯了。

但渡边秀树仍在自言自语，他似乎在借酒浇愁，不吐出胸中的块垒就不舒服。

"这帮保险公司的王八蛋，欺人太甚……我的一条船，才给了这么几个钱的损失赔偿金，还说是特别处理……你说气人不气人？"他用两个指头夹着一沓钞票，晃动着，嘴里含糊不清地说。

说着说着，渡边秀树哧哧地笑了起来，但笑声是令人毛骨悚然的。

忽然，一个膀大腰圆的汉子双腿叉开，站在渡边秀树面前，酒店昏黄的灯光被他那伟岸的身躯挡住，顿时将渡边秀树罩在一片阴影里。

渡边秀树一惊，停住手里满满溢出泡沫的酒杯，仰脸从下往上朝汉子看去。

“你……你是谁？！”渡边秀树僵硬的舌头吐出几个变调的音节。

那汉子也不搭腔，劈手夺过渡边秀树手里的酒杯，接着像拎小鸡一样，攥住他的衣领，轻轻一拖，将渡边秀树从榻榻米上提了起来。

“跟我回去，甭在这儿丢人现眼！”汉子铁青着脸，用不容争辩的口吻呵斥道。

渡边秀树被这番突然袭击一吓唬，酒醒了一大半，但他仍然咕哝着，在大汉手里挣扎。

“你……你少管我的事，我……还……还没喝够……”

大汉不理他，将渡边秀树的钱放进他的衣兜里，自己替他付了酒钱，连拖带拽把半醒半醉的渡边秀树拉到门外，拦了一辆出租汽车，然后一道乘车向灯火阑珊的郊外驶去……

渡边秀树的酒后失态，也是平生少有的一次。这些日子，他的心里实在太苦闷，有太多的烦恼，精神上一时无法承受。他自己遭受的损失是相当相当惨重的，一生辛辛苦苦积攒的家产，一夜之间荡然无存，变成了地地道道的穷光蛋。仅此一条，神经脆弱的人只能是跳海自尽，了此残生，他也不是没有动过轻生的念头。

何况，在他的苦恼之中，还加上了新的苦恼，这就是吉野枝子的情况十分糟。本来，老船长和枝子非亲非故，虽然不同于路人，也只是街坊邻居而已。然而，人生的际遇是错综复杂、难以预料的。由于这场罕见的天灾，渡边秀树出于同情心，几乎天天到医院去看望枝子，他很同情枝子的不幸，同病相怜的心态使他不忍这时撂下枝子不管不问。他知道枝子的丈夫吉野荣夫远在南极，此时此刻，一个年轻女人叫天天不应，叫地地不灵，能指望谁的帮助呢？枝子的境况比他好不了多少，甚至还要更糟，不仅秀岛的房子毁了，连身体也毁了。她因不堪忍受突如其来的打击，神经受了刺激，天天吵着嚷着要找吉野荣夫，要去南极。

“渡边先生，我在银行里还有一笔存款，喏，这是折子，你给我买张飞机票，不，我知道那里没有航线，买张船票，对，我要去南极，吉野在希望站，我要去找我的吉野……”枝子一见渡边秀树就说。

医院的医生对此也束手无策。“她这是脑震荡的后遗症，唯一的治疗办法是静养。”他们说。

可是，对于渡边秀树来说，他却陷入难以自拔的矛盾之中。

丢下枝子不管吧，他于心不忍；管吧，他是泥菩萨过河——自身难保。他在城里连个落脚之地都很难找到，船只的保险赔偿金也是寥寥无几，就连这点钱还不知费了多少唇舌、生了多少气才拿到的。往后，他怎么安排枝子，总归得有个着落——她不能永远住在医院里。

枝子提出要去南极的事，渡边秀树倒没有听进心里去，那不过是枝子精神错乱的胡话，不过他倒是想到了吉野荣夫，他该设法让吉野荣夫赶快回国，这倒不失为一条上策。

左思右想，老船长越想越烦，他突然觉得活得太累太痛苦了。

于是，他失去节制，借酒浇愁，喝得酩酊大醉……

半个小时不到，渡边秀树被出租汽车送到郊外僻静冷清的海边，这里是新开辟的集装箱码头，工程尚未完工。一个多月以前发生的海啸也波及了这里，幸好港外坚固的防波堤使损失大为减少，所以码头还能使用。这里停泊着几艘大轮，其中一艘写着“富士丸”的远洋巨轮正在紧张地装货，铁塔似的大吊车扬起巨臂，将一个个集装箱轻轻吊起，有几辆载重卡车在那里奔忙。

当渡边秀树随着大汉从跳板登上“富士丸”的甲板，又从舷梯进入前舱的一个单人房间后，他的酒已经完全醒了。

“老舅，你以前很少喝酒，怎么会喝成这个样子……”一进船舱，一路上沉默不语的大汉语气也变了，说话和和气气，与刚才判若两人。

他是渡边秀树的外甥，名叫池田茂，是船上的轮机长。

渡边秀树认出了外甥，虽然有几年没有见面，但池田茂没有变样，他中等以上身材，寸发平头，肩宽臂长，一双三角眼中的目光叫人捉摸不透，忽而凶光毕露，忽而慈眉善目——池田茂就是这么一个性格复杂、喜怒无常的人。他穿一件褐色的运动衫和浅蓝的牛仔裤，脚蹬白跑鞋，乍看不像个水手，倒像是个职业篮球运动员。

渡边秀树喝了几口热茶，心里舒畅多了，他坐在一张沙发上，详详细细讲了这些日子经历的种种事情，他讲到去保险公司索赔的周折，还讲了吉野枝子……

“一败涂地，没想到混了一辈子落到如此下场。”他长叹一声，像是为自己的讲述做了一个恰如其分的总结。

“你是怎么找到我的？”见池田茂半天没有言语，渡边秀树抬头问。

“我看电视才知道秀岛沉了，心里不放心，所以船一到这里，就去找你。哪里也问不出名堂，我估计你八成不在人世了，因为我听人说，你的‘白濑’号也沉了。”池田茂说，“也是我跟舅舅有缘，没想到踏破铁鞋无觅处，在酒馆里和舅舅碰上了……”

渡边秀树一时陷入沉思。他知道，他的这个外甥是个不安分的角儿，在自卫队混过，因为倒卖军火给除了名，后来在建筑公司当包工头，不知什么时候又吃上了航海这碗饭。他也知道，池田茂是在黑道混饭吃的人物，在日本鼎鼎有名的黑社会组织——响尾蛇会里，他还是个小头目。但他别无亲人，自己遭此不幸，池田茂又是个漂泊不定的人，常年过着“处处无家处处家”的生活，这次见面之后两人又不知何年何月才会相逢。想到此，渡边秀树不禁有些伤感。

“舅舅今后有什么打算？”池田茂问。

渡边秀树张了张嘴，却不知如何回答——这正是眼下他难以决断的问题。

池田茂见状心里突然一亮，试探道：“我倒是有个主意，不知道舅舅是不是中意……”

听池田茂这样说，渡边秀树从沙发上挺直身子，突然来了精神，“你有什么好主意？快说给我听听——”

池田茂点了支烟，吸了一口，“我刚才听你说，那个空姐吉野枝子不是想去南极，找她丈夫吗？我去过南极多次，那地方不错，我们这条船这些年就跑南极这条航线，这次装完货后还要去南极。我在南极就有一幢房子，现成的，所以我建议，你，还有那个空姐，跟我一起走，到南极安家落户，那边的人我很熟，一切都没有问题。到了那边，再帮那个空姐打听她丈夫的下落……”池田茂一口气说完自己的主意。

渡边秀树怔怔地望着外甥，仿佛要从那狡狯的脸上找出什么似的，因为他知道，南极是一片冰天雪地，他看过南极的电视片，那里什么都没有，冷死人的地方，连棵草也不长，现在池田茂却说要他和枝子迁到那里去，还说他有一幢房子……是不是池田茂也喝醉了，说胡话呀？他想。

“你是不是拿你老舅寻开心？！”这回，渡边秀树恼了，气鼓鼓地质问。

池田茂眨巴眼睛：“你说什么呀？难道我说错了什么吗？”

渡边秀树见池田茂仍然瞪着眼睛说瞎话，便卖弄起他的南极知识。“我现在到了穷途末路，你还有心思开玩笑，真是没大没小，如果你妈妈还健在，我得好好教训你。”他拿起舅舅的架子数落道。

不料，池田茂不仅不恼，反而哈哈大笑起来。

“老舅，实话对你说吧，如今我们干的这桩买卖可是利国利民的大买卖。这些年各地不是闹灾吗？不是地震，就是山崩海啸，闹得人心惶惶，大家都担心日本列岛保不准有一天会沉到海里了，所以我们响尾蛇会动员各地的弟兄，把灾民组织起来，送他们去南极，不仅白送船票，还会给一笔安家费。只有一个条件，这事要严守秘密，否则甭怪我们不客气。你想，这样的好事，那些无家可归的人哪个不乐意……”池田茂说。

渡边秀树不以为然地诘问：“你们又派船，又还给安家费，还在那边盖了房子，天下哪有这样的好事？！你们响尾蛇会什么时候成了大慈大悲的观世音菩萨了？”他知道得再清楚不过，响尾蛇会是一帮乌合之众。

不料，池田茂也不生气，反而笑道：“老舅，你只知其一，不知其二，我们是出力的，有人出钱呀……”

“谁？”

“大财团呀！你想，现在日本最头疼的事是人满为患，所以政客早就想向南极大批移民，可这事办起来很棘手，国际上会有人提出抗议的，中国、美国、俄罗斯都不会放过日本，所以大财团出‘血’，我们出头露面，这就是政客的高明之处……”

“那不会被别人发现？”

“这你不用担心，化整为零嘛。我们有的是捕鲸船，还有油轮，渔船，办法还不是人想的……”池田茂的一番表白，居然把渡边秀树说动了。他想了想，眼前也只有这一条路可走，大概许多和他同病相怜、走投无路的人也是如此考虑的。几天之后，一个雾气弥漫的黎明，他和吉野枝子一道乘上“富士丸”，驶向茫茫大海，他们的目的地即是地球最南端那块神秘的大陆。

七

东京最繁华的地段——高楼林立、车水马龙的新宿，有一处毫不起眼的老式街道，青苔斑驳的石板路面终日笼罩着高楼的阴影，很少有见到天日的时候。老街不长，两旁的树木却是盘根错节的老干虬枝，起码有四五百年的树龄，却也长得枝繁叶茂，树冠盖住了半条街面。树荫之下，点缀着几幢雕刻模糊的石柱石牌坊，还有些精心培植的花草。游人至此，对比四周拔地而起的现代化建筑，难免有世事苍凉之感。

老街尽头，穿过一片绿荫，有一座青砖黑瓦的院落，一溜雪白的围墙将院落与喧嚣的世界隔离开来。院落两扇酱红色油漆的大门平时难得打开，也很少见到有人进出，所以更加增添了它的神秘色彩。人们不知谁住在里面，也无从打听是谁家的府邸。但是在东京上层社会混过的人都知道，这座其貌不扬的院落非同寻常，它是日本现代史的一部分缩影，许多惊心动魄的历史事件都是在这里密谋策划的。

这天晚上，当新宿的通衢大道张灯结彩，五光十色的霓虹灯映照着兴奋的人流涌向街头时，这条平日冷清的老街呈现出了异样的气氛。昏暗的路灯下，树影憧憧，到处可见荷枪实弹的警察和腰里别着“家伙”、手拿步话机的便衣。那座神秘兮兮的院落大门洞开，门楣上的白底黑字圆灯笼迸散出惨白的灯光，像是府里办丧事似的。从日落时分开始，一辆接一辆豪华小轿车轻手轻脚地踏上石板路，在森严的大门前停住，等车里的人迈上台阶又悄然离去。

晚上八点差一刻，石板路上响起笃笃的脚步声，一个拖着瘦长影子的学者模样的人步履匆匆朝敞开的大门走去。他是坐出租汽车来的，在巷口就被警察拦住，于是他付了车钱，手里抱着一摞资料图表步行而去。他每走几步都会遇到一番刨根究底的盘查，他弄不明白为什么这样戒备森严。

当他走上大门的石阶时，从里面迎出一个身穿西服的年轻男子，紧走几步，从一旁搀扶气喘吁吁的来人。

“森田教授，您可来了，都在等您……”他讷讷地说。

森田教授白了对方一眼，“我是遵守时间的，现在还不到八点……”他说。

年轻男子领着森田穿过一座木桥以及长长的回廊，前面是幢飞檐高翘、雕梁画栋的厅堂，他们在门口脱了鞋，然后蹑手蹑脚进了灯火通明的大厅。

这时，院落的大门和厅堂的门都紧紧关闭，连街上的警察也会意地松了口气。

大厅用屏风围起，形成一个长方形的空间，猩红的地毯上摆了一圈小巧的紫檀木茶几，每个茶几旁边有一台电脑，电脑后是一个有靠背的坐垫。这些围成一圈的屏风实际上是全封闭的隔音墙，里面谈话外面是根本听不见的，但一跨入屏风，顿时喧声不绝，人们在谈笑风生。

森田在下首的座位跪坐下后，一个身材窈窕、着和服的女子款款而来，双膝着地，将手中的托盘举在眉前。

森田躬身端起盘子里的茶杯，抿了一口，顺手放在茶几上。

坐在上首的一个身着银灰色西服的胖子朝侍女挥了挥手，她退出屏风后，胖子干咳了一声，朝四周扫了一眼，宣布会议开始。

“诸位，现在是本世纪最后的四个小时，一项关系日本未来命运的计划将要由我们研讨制订，所以这是非常重大的事情。我向诸位介绍一下今天光临非常会议的特邀嘉宾，这位——”胖子向森田对面一个长发齐肩、长满大胡子的中年男子努了努嘴，“木村世雄教授，极地研究所所长，著名的南极专家，他刚从南极回来……”

木村世雄点点头，向在座的人躬身致意。

“这一位，”胖子笑眯眯地介绍说，“大家都久闻大名啦，著名的南极物理学家，东京帝国大学极地系教授，森田一郎……”

森田颔首，脸上一阵发热，他心里明白，和他年龄相仿的木村世雄是南极研究的少壮派头面人物，他们在学术上各执一词，今天对阵恐怕会有一场好戏。

在座的人森田多数不认识，他们都是日本朝野的实权派人物。主持会议的胖子是前大藏大臣、现任东洋财团的董事长，他同时执掌响尾蛇会会长的大权。坐在胖子右下方的依次是上届内阁的官房长官和通商相大臣，他们虽已下野，但是在金融界和产业界颇有势力。此外，现任内阁的科技厅长官和外务次官也在座，他们是年轻的少壮派，都在虎视眈眈觊觎首相的宝座，也不是等闲之辈。在左下方，是几个身穿便服的军人，他们在自卫队里任职，也是一呼百应的年轻将领。

这些席间的大人物，森田过去有的只是在电视上见过他们的尊容，在一起开会还是平生第一次，不知是厅堂的暖气太热，还是心情紧张，他几次掏出手帕擦拭额头和脖子上的汗。

“好，言归正传，先请木村世雄教授介绍情况。”胖胖的响尾蛇会会长扫了众人一眼，宣布进入正题。

四十出头的木村世雄身材魁伟，肩阔脸方，浓浓的剑眉下面一双丹凤眼炯炯有神，他的脸庞被南极强烈的紫外线镀上一层紫黑色，高挺的鼻尖上还有一块冻伤。他虽是学者却有军人风度——这和他七次指挥南极考察队转战冰原大有关系。由于这次非常会议是根据他的一项建议召开的，他胸有成竹，立即从公文包中取出拟好的讲稿。

“各位长官，正如会长所言，多灾多难的本世纪还有三个半小时就要结束了。”木村挺起脸膛，将腕上的表摘下放在茶几上，侃侃而谈，“对于即将跨入新世纪的日本，我们面对着的形势比23世纪还要严峻，这是一个生存空间日益缩小的时代。各位都十分清楚，日本的国土，包括本州、北海道、九州、四国四个大岛和3000多个小岛，只有377619平方公里，这个面积仅仅相当中国的一个省，但是养育着1.5亿人，是世界上人口密度最高的国家。而且我国地处太平洋西岸火山地震带，地震频繁，地震造成的直接和间接灾害——海啸、山崩、岛屿的沉没、陆地的下陷，经年不断，屡屡发生。大家可能还记得，在20世纪这100年内，1923年9月1日的关东大地震死亡达15万人，1995年1月17日的阪神大地震，死亡5400多人。21世纪、22世纪和本世纪，情况变得更加严重。东京、名古屋，京都、广岛和冲绳，都先后发生了死亡人数高达10万～20万人的大地震，沿海岛屿和海岸带频频发生强大的风暴潮，损失惨重。这些情况已是众人皆知。不仅如此，鉴于现代工业化的发展，我国和世界许多国家一样面临着环境污染、水资源匮乏、酸雨、森林大面积消失和土地沙漠化的严重威胁，人口爆炸和环境恶化、耕地减少、资源枯竭的矛盾，势必带来社会矛盾的激化和利益冲突的加剧，这个不容忽视的现实将随着24世纪的到来，尖锐地摆在政治家和社会学家的面前。”

木村世雄讲话时，每个人面前的电脑荧屏上，出现了展示说明的影像。他端起茶杯润了润嗓子，话题一转，亮出了他酝酿已久的向南极大规模移民的计划。

“诸位，改变这种局面的出路在哪里？这是许多有识之士苦苦思索的问题。过去几百年的教训在于我们太缺乏超前意识，或者是盲目而不计后果的行动占了上风。必须指出，今天的地理政治格局已不容许采取炮舰政策去扩张领土，经济渗透虽然可以赢得丰厚的利润，却不会改变日本空间狭小的现实。因此我们必须放远眼光，调整思路，想他人所未想，做他人所未做，这正是欧洲人在15世纪海外殖民的策略，只是我们的前辈醒悟得太晚。”

说到这里，木村世雄按动电脑键盘，荧屏上出现了南极洲的地图和一系列实地拍摄的画面。

“那么，我们的希望在哪里呢？”他提高调门道，“这是地球最南端的地方，这里有一块辽阔的大陆在等待我们去开发，去移民。请大家记住几个数字：南极大陆的面积，包括周围的岛屿是1400万平方公里，相当于日本本土面积的近40倍，大陆的海岸线约三万公里，这里的冰层平均厚度1880米，有的地方厚度达4000米以上。据各国考察勘探表明，南极洲的矿产资源极其丰富，有金、银、铜、铁、镍、钴、锡、铀、锑、钍、钚、金刚石等220种矿物，有丰富的石油和天然气。在南极的维多利亚地现已探明的维多利亚大煤田，面积有100万平方公里。面临印度洋的查尔斯王子山号称‘铁山’，铁矿品位高，露天矿带厚100米，绵延120公里。至于生物资源，虽然陆地上的生物有限，但海洋资源十分丰富，仅磷虾一种就有几十亿吨之多，对于我们习惯食用海味的日本民族，南极海洋可以提供的食品是取之不尽的……”

一谈到吃，大家的兴趣顿时高涨起来，大概哪个国家也不例外。

“磷虾味道很不错呀，我太太每天早餐必用磷虾酱，听说一投放市场还供不应求……”下野的通产相大臣摇头晃脑地说。

戴着黑框眼镜的科技厅长官探身搭腔道：“科研经费还是要增加呀，磷虾的深加工还大有文章，如果适当增加投资，可以生产味道更好的系列

产品……”

“啊，是吗？”老奸巨猾的通商相大臣耸耸肩膀，言下之意是爱莫能助，潜台词却是“我在台上时，你小子为什么不来找我”。

“好吧，不要扯远了。”胖子摆摆手，问道，“木村君，你讲完了没有？大家有什么疑问，尽管提出来。事关国家的未来，诸位尽可畅所欲言……”

木村世雄还想再说几句，坐在胖子旁边的上届内阁官房长官劈头问道：“木村教授所说的情况当然是言之成理，不过，据我所知，南极比我的家乡北海道冷得多，而且有的地方半年白天半年黑夜，移民到那里怎么生活？”

“这个问题，我们早有考虑，近几十年，我们在南极的昭和站，还有瑞穗站和新近建立的明仁站，全力试验在冰下生存的可行性，南极的冰层很厚，异常坚固，所以完全可以在冰层下面开凿出街道、房屋和各种设施，这项工程技术没有问题，防止冰层融化的纳米材料已经试验成功，可以投入批量生产。”

这时，电脑荧屏出现了冰层下面开凿多层空间的构想图，接着转化为极地人员施工的画面：像开掘地下隧道一样，冰屑飞溅，银光闪烁。水晶般的冰层出现了冰雕艺术家刀下的作品，有宽敞的通道，有门有窗的房屋。工程技术人员用压缩泵喷涂冰层表面，形成了透明的隔温保护层。

“从这些影像资料可以看出，冰层施工的难度不大，比起海底隧道或者地下防空系统要容易得多。我们的南极昭和站，这些年选择了不同的地点进行试点施工，进度非常快。而且地下城市可以用中央空调控制温度、湿度，生活在那里是很舒适的……”木村世雄说到这里，目光转向正对面的一名30多岁的年轻军人，他是自卫队陆军参谋长，“我想请佐木将军对此加以说明……”他提议道。

“是，木村君讲的一点儿不错。”佐木将军毕恭毕敬地微倾上身，腰板僵直地说，“陆军工程部派了120名士兵参加了工作，效果很好。”

他言语不多，说话斩钉截铁，毫不拖泥带水，不失军人风度。

“啊，自卫队也悄悄去了南极，外务省对此可一无所知呀……”外务次官的脸色不悦，酸溜溜地揶揄道。

蓄着仁丹胡子的佐木将军侧过脸去，咄咄逼人的目光直视外务次官那张小白脸：“阁下，陆军工程部是经过总理大臣的批准，以考察队员身份前往南极的，他们脱了军装，并非以军人名义出征，这没有什么不对吧？”

“好了，好了，自卫队以和平为最高使命，去南极施工也是为了千秋万代的和平嘛……”明白底细的科技厅长官怕他们闹僵，把话题岔开了。

接着，科技厅长官抬了抬鼻梁上的眼镜，问：“木村君，据我所知，各国之所以不能向南极移民，除了政治因素，在技术上最大的难题是能源问题不好解决。南极的石油和天然气，目前说开采利用还是画饼充饥，一时不能实现。大批移民去南极，生活用电怎么解决？特别是长达几个月的极夜，你总不能让他们睡大觉，像冬眠的土拨鼠吧？”

“土拨鼠？嘻嘻嘻，冰洞里成千上万的土拨鼠，那可是重大国际新闻……”心里憋了气的外务次官嘲讽道。他和科技厅长官是一对政敌，故意借题发挥。

坐姿笔直、脸上没有表情的海军将领忍不住用手遮住嘴巴窃笑起来。

木村世雄对于政客们明争暗斗并不感兴趣，他对这次会议可能提出的质询早有准备，所以立即回答道：“阁下之言击中了要害，的确，要在南极立住脚跟，必须解决南极的发电问题，这样才能驱散黑暗、带来光明，大批移民定居南极，不仅要保证生活用电，还必须发展人工温室技术，保证他们的蔬菜和粮食等食品供应，除了开发海洋生物资源，温室农牧业的发展是主要途径，这都需要开发能源，以保证冰下城市的资源供应。”

说到这里，木村世雄向斜对面身穿便服的空军将领投去热情友好的目光。

“在这方面，空军火箭部队研究部正在实施一项太空计划，我们将向南极上空三万公里发射一座太阳能发电站，利用太阳能电池板将光转化为电能，与此同时，在南极冰原的不同地点建起微波接收网，让电能以微波形式传送到地面，便可以保证冰下城市的电力供应。我可以负责地告诉各位，这项计划的可行性论证已经毫无问题，再过一个月，空军火箭部队的发射基地就要点火，南极上空第一座太阳能电站就要升空了……”

空军将领赞许地点了点头，他没有说话，但他的得意足以说服在场所有的人了。“我还要补充一点，南极夏季的太阳能是非常充沛的，在长达几个月以至半年的时间内，太阳是不落山的，因此可以利用太阳能电池板大量地储存电能，以供黑暗的冬季使用，这方面的技术，我们日本是绝无问题的。”木村世雄眉飞色舞地说。

顿时，厅堂内像蜂窝一样议论纷纷，胖子借机抽身走出屏风。几名姿色绝美的侍女送来了各式精美的小点心和饮料，会场的气氛变得轻松起来。有人站起来活动僵硬的下肢，有人抽起烟来，吐出一团一团氤氲。科技厅长官凑过来和木村世雄低声商谈什么，只有森田一郎低着头，一言不发，显得心事重重。

胖子从侧门走到院子里，深深呼吸了几口清新的空气。他沿着一条石子小径走进院落深处一所布幔低垂、灯光暗淡的卧室。他是向这家院落的主人讨主意来的。

灰暗的灯光使这间卧室弥漫着神秘的氛围。华丽镀金的床架支撑的软榻上，一个吸着氧气的垂危老人半躺着，正在大口大口地喘息。他满头银丝，清癯的脸上皮肤像纸一样薄而透明，仿佛一捅就破，一床丝绵薄被掩盖了他瘦小的身躯。听见有脚步声，老人沉重的眼皮微微睁开，剑一般锐利凶狠的目光从眼缝中迸射出——一见这可怕的目光，胖子的心一阵发颤，他知道面前的这位老人虽然死期将至，但只要他还有一口气，就还是可以随时让自己从会长的宝座上滚开的。

胖子垂手趋上床前，满脸堆笑，连大气也不敢出，他在静候老人的指示。

这次紧急会议是遵照老人的指示召开的，会议的决议也必须听从老人的安排。

老人闭上眼睛，藏在薄被子里面的双臂蠕动着，过了片刻，他那骨瘦如柴的右手紧攥着拳头，从被子里伸出半截来。

他让一旁侍候的一个年轻女子摘掉吸氧罩，轻轻摆手让她走开。

“几点钟了？”老人张开的嘴吐出几个字。

胖子急忙看了看腕上的表：“差一刻11点……”

“啊，还有一个小时多一点儿，就要进入24世纪了，我……我是没有办法看到……24世纪的太阳了……”老人脸上无限悲戚。

“不会的，不会的，您身体很健康……”胖子忙说。

老人的手摇了摇，阻止他再说下去。

“会开得好，我都听见了。”老人的头顶有一台闭路电视，他仰面可以看见厅堂会议的实况。“24世纪……日本将风雨飘摇，多灾多难，上苍对我们太偏心了，弹丸之地……四面被大海包围，没有回旋之地……这是没有办法的事啊……”

老人说话很艰难，说着说着又喘息起来。

胖子伸手意欲拿氧气罩，老人不让，将他的手紧紧攥住。

“不用，我没有多少时间可挨了……一切都托付给你。记住，从现在起，倾全国财力，不惜一切代价，在南方的冰雪世界开拓大和民族的领地……时不我待，要抢在别人前面……要快，晚了就来不及了……”

老人说完这番重要的话，的确感到疲惫至极，不由得闭上眼睛，紧攥的手松开了。

“是，请您放心，我一定铭记在心……”胖子连连躬身，“还有什么吩咐？”

老人忽地睁开眼睛，目光直勾勾地盯着胖子的脸，足足有十几秒钟。

“不可掉以轻心……天机不可泄露。”老人咳嗽起来，喘息着说，“万万不可通过什么决议，一切都要秘密进行……官方不能出面，以民间形式为妥……记住，到时候还是军队最可靠……”

胖子心中一惊，心想姜还是老的辣，不愧是老谋深算、料事如神的大政治家呀！

老人说完这些话，似乎灯油已尽，再也没有力气张嘴了。

从被子里伸出的手张开五指，里面是一张揉成一团的小纸条。

“拿去吧……拜托了……我太累了……”老人下了逐客令。

胖子将纸条小心翼翼地抻开，上面是几个字体熟悉的字：“全部家产捐给南极”——下面是老人的亲笔签名。

胖子心头一热，泪水不禁夺眶而出。但他见老人安详地睡去，不敢惊扰，便蹑手蹑脚退出房间。

当他回到灯火通明的厅堂，心里的主意已经酝酿成熟。

“诸位，时间不早了，24世纪的钟声敲响之时，在座的几位还要赶到电视台，向全国民众祝贺新世纪的降临，我们也该回家和家人团聚了。怎么样，大家还有什么高见，请抓紧时间……”他频频看表，又向上届内阁的老搭档、下野的官房长官使了个眼色。

这时，森田一郎霍地站起来，说：“诸位，我认为移民南极是一件太轻率的举动，是不容考虑的事。尽管木村教授讲得头头是道，可是他回避了一个最大的问题，这就是国际社会已通过决议，南极领土已完全冻结，任何国家都不能私自瓜分，我国是南极条约的成员国，在协议上签了字的，怎么能撕毁协议，移民南极呢？如果这样做，势必引起外交纠纷，置我国于不利地位，这样严重的后果不知诸位考虑过没有？”

森田一郎早就憋了一肚子火，这时索性统统倒出来：“再说，木村教授应该知道，作为一位南极科学家，对南极生态环境的脆弱应当十分了解。大量移民南极，势必破坏南极的生态平衡，其结果必将导致南极冰盖的加剧融化，最终将导致全球的气候异常，那样下去，24世纪的人类必将面临可怕的灾难。这是常识性问题，难道我们可以违背自然规律，干这种蠢事吗？！”

看来，森田教授还要滔滔不绝地说下去，他的看法在会场上颇有感染力，外务次官、老通产相在一旁频频点头，随声附和。胖子见状不由得亲自出马打了圆场，他知道再拖下去将会事与愿违，不好收场了。

“森田教授的高见令人顿开茅塞。今天听了两位教授的发言，我本人和在座的各位都长了不少见识。”胖子笑容可掬地说，“至于南极的事，现在还是八字没有一撇，学术上观点不同，当然是你们科学家的事，我们管不了啦。所以本人提议，今天的会到此为止，将来有机会的话，我们再请两位教授赐教——不过，那可是要等到下一个世纪了！”

他的最后一句诙谐的话，引出一阵笑声。

几天之后，人们在东京各大报纸的第一版右下角，看到了一则短短的消息：前任首相病逝，享年103岁。

几乎与此同时，一个称作“樱花行动”的秘密计划正在悄悄地进行——日本，这个迅速崛起的经济大国，策划了一场向地球南端进军的没有硝烟的战争，从而揭开了24世纪大角逐的序幕……

八

吉野荣夫是在花木店里向桑岩他们谈起他妻子来南极的原因和前后经过的。这家门面不大的花木店，是枝子和渡边秀树合伙开的，当然也有池田茂的帮助——他提供了一所前面是店面、后面是卧室的不赖的房子，另外还有一座40多平方米的温室。花木店的生意不错，花木常常供不应求——在天寒地冻的冰雪世界，姹紫嫣红的花花草草委实太稀罕太珍贵了。

此刻，正值深夜，这个名为富士村的冰下城像熟睡的婴儿那样悄无声息，偶尔传来汽车在街上穿过的沙沙声，很快又恢复了宁静。

“那个池田茂说了些什么，就能说服他舅舅，还有你的妻子到南极落户呢？”哈迪姆听得入神，不禁追问道。他的嘴角浮出一丝诡谲的笑容。

桑岩坐在一旁没有吱声，会意地一笑，继续用探询的目光注视着吉野荣夫。

吉野荣夫揉了揉酸痛的双腿，从榻榻米上站了起来，活动活动僵直的四肢。

对于哈迪姆的提问，他颇感踌躇，他是个绝顶聪明的人，看到哈迪姆诡谲的神情，他完全懂得他的弦外之音，他们都想知道富士村更为详细的情况。

然而，他却有难言之隐，他清楚地知道这样做将会带来怎样严重的后果。

“吉野，你怎么不说话，你还没有回答我的问题……”哈迪姆追问道。

“请原谅，有些话还是以后再说吧，我想总归是有机会的。”吉野一脸恭谦，说道，“实话告诉二位，我本来是要去医院的，我接到医院的紧急通知，我的枝子已经十分危险，但是这时又听说二位被捕的不幸消息，所以我只能立即设法营救二位……”

吉野说，枝子来到南极，由于水土不服，身体越来越糟，她估计自己将不久于人世，于是恳求池田茂替她给吉野荣夫捎个信。本来富士村是不能发信或者打电话的，池田茂看在渡边秀树的面子上，在“富士丸”船上偷偷地往希望站发了一份传真，由于这份传真是用日文写的，希望站的阿根廷工程师贡多斯收到传真，如读天书般一窍不通，直接甩给了吉野荣夫。

吉野荣夫看了传真，忧心如焚。他不思茶饭，夜夜失眠，一闭上眼睛，枝子的身影就在眼前晃动，他万万没有想到，年轻的枝子重病缠身，竟然到了一病不起的地步。虽然明明知道极夜外出相当危险，但是这个痴情的男子汉为了见上枝子一面，什么也不管不顾了。“……我实在对不起你们，这多半年，我经常借外出考察的名义和枝子见面，为了不暴露目标，我关上了报话机，我知道这是违反纪律的，但我实在也没有别的办法，请你们谅解……”

当吉野荣夫声泪俱下地向桑岩他们说明事情的真相后，桑岩和哈迪姆大为感动。人世间还有什么比纯真的爱情更能打动人呢？他们原先对吉野荣夫的芥蒂此刻已烟消云散，不仅如此，他们对尚未谋面的枝子也抱有敬慕同情之心。这大概也是恻隐之心人皆有之吧。

“吉野，既然如此，那你还磨蹭什么，赶快去医院呀，你应该待在你妻子身边才是！”哈迪姆连声道。

“是呀，你不用管我们，快去吧！”桑岩也催促道。

吉野荣夫听他们这样说，心里反倒深感内疚，他什么也说不出来，只是一个劲地连连点头。他进内室找了枝子的几件衣服，放进手提袋里，并嘱咐桑岩他们进屋里休息。“你们洗个热水澡，饿了自己做点吃的，东西都是现成的……我一会儿就回来……”他手忙脚乱地说。

当吉野荣夫收拾停当打算外出时，尖厉刺耳的警车的吼叫声打破了夜的宁静，声音在地下城的封闭空间回响，特别令人心悸，那些在睡梦中的人们都被惊醒了。

吉野荣夫神色骤变，他拉开店门朝外窥望了一会儿，随即又将门关闭了。

“不好，一定是警察出来抓人了，他们肯定是发现你们逃跑了，所以挨家挨户搜查……”吉野荣夫说。

“真是天大的笑话，凭什么抓我们？！我们没有犯法，也没有侵犯你们的利益，”桑岩勃然大怒，“难道南极是你们日本的领土，可以任凭你们作威作福吗？！”

哈迪姆也很生气，讥讽道：“我倒是要看看你们这里的警察敢把我们怎么样！刚才将我们平白无故地关了起来，又抢走我们的雪地车，难道这就是你们日本人在南极推行的新秩序？你们是不是在搞新殖民主义？！”

吉野荣夫神色尴尬，脸上红一阵白一阵，连声说：“实在对不起。但是这里的长老会是无视国际社会法律，也根本不讲什么道理的，我觉得在这种情况下，他们人多势众，我们何必吃眼前亏呢？”

“那你说怎么办吧。”桑岩说。

“马上给希望站发传真，告诉他们我们遇到了麻烦，要求国际社会声援……”哈迪姆的脑子转得快，想出了个好主意。

不料，吉野荣夫苦笑道：“不行！这里是个与世隔绝的地方，不许向外界写信，也不许打电话、听短波广播，哪里允许有电传机……”

“你的老婆干吗要上这儿来？这和流放差不多嘛，比坐牢更糟！”哈迪姆愤愤地嚷起来。

吉野荣夫这时急得像热锅上的蚂蚁，外面警车的尖叫声不绝于耳，但他却想不出一个万全之策。

“这可怎么办？这可怎么办……”他在屋子里打转转，嘴里讷讷地说。

“待在这儿总不是办法，万一警察进来了呢？”哈迪姆心情烦躁地说。

“三十六计走为上计，我看还是赶快离开这个是非之地为好。”桑岩可不愿束手就擒。

正当他们难以决断时，店门从外面被推开了，一个身穿呢子短大衣的人风风火火闯了进来。他是从医院赶来的渡边秀树。

众人先是一惊，等吉野荣夫向桑岩他们介绍后才放了心。

渡边秀树哭丧着脸，心情沉痛地告诉吉野荣夫：枝子在半个小时前咽了气。她一直盼着和吉野荣夫见上最后一面，但是命运没有给她这个机会……

吉野荣夫虽然早有心理准备，这时也悲从中来，伏在墙壁上掩面痛哭不已。

屋外的警车叫得越来越响，似乎是为枝子去世的噩耗增添悲凉的气氛。

渡边秀树看了看在一旁手足无措的桑岩和哈迪姆，心里立刻明白了他俩的身份，他灵机一动，立即附在吉野荣夫的耳边，给他出了一个救桑岩他们出去的主意。

吉野荣夫立即停住啜泣，他旋风似的冲进了内室，将所有的白色床单、白色桌布、白色毛巾，凡是白棉布统统收拢起来。

不一会儿，他们四人的头上都缠上了白色的头箍，身上也裹着白色的单子——像是披上一件白袍子。

“走，上医院，给我的枝子办丧事！”吉野荣夫不由分说地招呼大家。

不一会儿，四个披麻戴孝的人走出店门，吉野荣夫号啕大哭起来，当渡边秀树开着雪地车从车库驶出时，雪地车上面用白布罩起，完全像一辆灵车，哭声从几个男子汉喉咙里飞出，惹得四邻八舍的人们纷纷投来同情的目光。

一辆闪着红灯的警车停在花木店不远的地方，几名荷枪实弹的警察呆呆地望着灵车开走，他们可没有接到不许办丧事的命令。

接下来的事情，是悲剧还是喜剧就说不清了。当他们从医院的太平间里将枝子冰凉的尸体抬上灵车时，吉野荣夫确确实实动了真情，他哭得很伤心，连桑岩、哈迪姆也禁不住泪水涟涟，但是他们都不敢多耽搁，将枝子的尸体安放在车厢后，他们和渡边秀树匆匆告别，然后飞快地朝着黑夜沉沉的冰原开去。

一路上免不了有人盘查，但是桑岩和哈迪姆都藏在枝子的尸体下面一动不动，关卡的警察们看见车里只有一个悲痛至极的日本人和一具僵硬的女尸，只是挥挥手让他快点开走，他们可不愿意染上可怕的传染病。

雪地车将盆地中的冰下城市远远地甩在后面，吉野荣夫默默地操纵方向盘，越过陡峭的冰坡，爬上了星光照耀下的冰原，他知道前面再也没有危险了。

“出来吧，委屈你们了……”吉野荣夫刹住车，朝身后喊道。

桑岩和哈迪姆早就盼着这一刻，他们小心翼翼地搬开尸体，从座椅底下钻出来。

这里是陡峭的冰崖，上面平坦如桌面，向远方无限延展，看不见尽头，在他们前面几十米远，冰崖突然伸向大海，如同万丈深渊，黑暗无底。

吉野荣夫打开车门，一股凛冽的寒风迎面扑来，让他不禁打了个寒战。

“我把枝子葬入大海吧，这里是和日本海连为一体的……”吉野荣夫双手抱着白布裹着的枝子的尸体，泪如泉涌。他紧紧地抱住心爱的女人，实在舍不得将她送入冰冷冰冷的大海的怀抱。

“枝子，我对不住你，你是为我而死的啊……”把枝子的尸体从冰崖上投入脚下的深渊后，他终于倒伏在地，呼天抢地地哭开了。

桑岩和哈迪姆铁青着脸，站在雪地上，一动不动，没有劝他。“让他痛痛快快地倾倒心中的悲伤吧。”他俩都这样认为。

冰原静极了，只有风尖厉的嘶叫声，像是魔鬼的嚎叫，令人毛骨悚然。

吉野匍匐在地，呜呜地抽泣。

袭人的寒意从脚底爬上了后脊梁，桑岩和哈迪姆渐渐觉得衣不胜寒，不禁打起了寒战。

“走吧，吉野，人死不能复生，想开点吧……”他上前欲扶起吉野荣夫。

不料，突然一阵晕眩，桑岩像是被风刮倒的大树，头重脚轻地倒在地上……

哈迪姆惊叫一声：“桑……岩……”随即也倒了下来。

这时，吉野荣夫从雪地上站了起来，他掸了掸膝盖上的雪，将桑岩和哈迪姆拖起进了雪地车。

“我……我是一个混蛋……”他自言自语道。雪地车不停地向希望站前进……

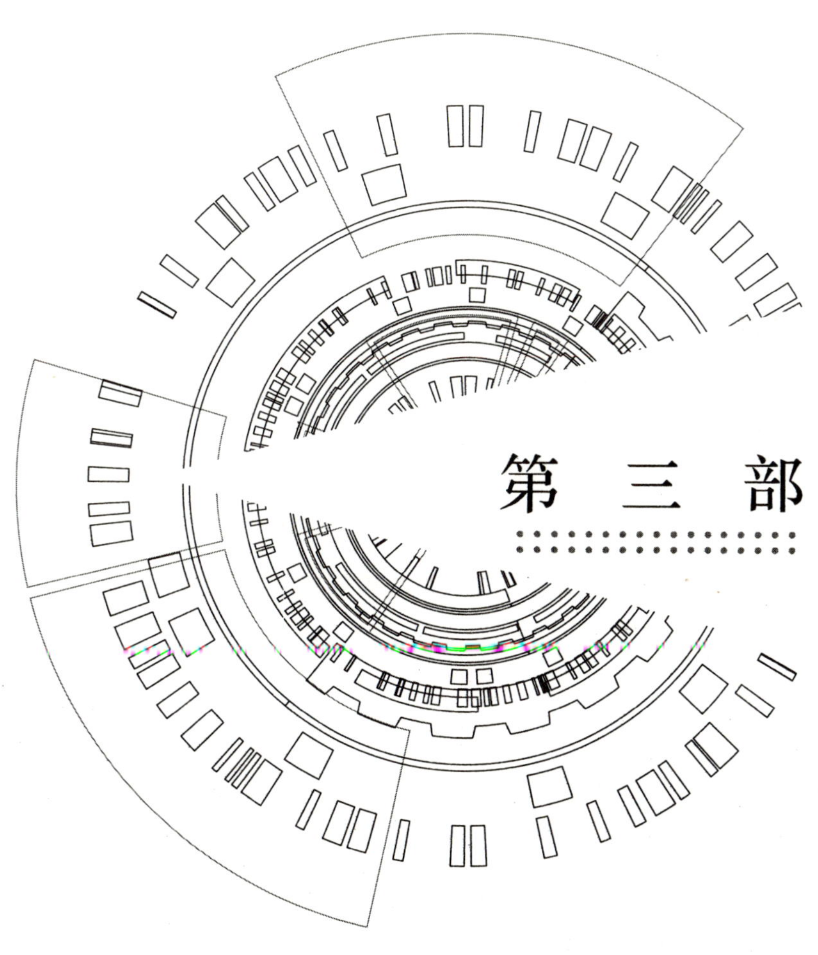

第 三 部

一

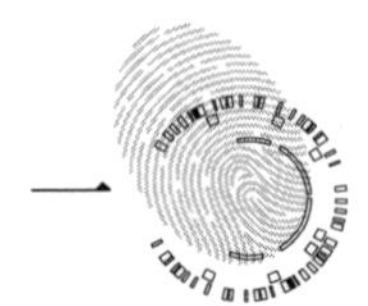

失踪多年的吉野荣夫在札幌雪节的电视节目露面，这个出人意料的消息，像是热油锅里撒了一把盐，沉寂多年的希望站三名科学家失踪案，突然变得热闹起来……

十年前，一个多雪的时节刚开始的日子，希望站结束三年的考察，全体人员撤离了。桑岩队长，还有日本的吉野荣夫、以色列的哈迪姆三人是最后一批。接送他们的直升机从停泊在莫索尔湾的考察船起飞，掠过陡峭的冰崖，将第一批队员装入机舱，升上希望站几幢建筑的上空，这时驾驶员和所有机上的人惊讶地发现，陡峭的冰崖连同希望站如土崩瓦解，消失在冲天而起的雪雾之中，可怕的冰崩发生了……后来救援人员多方搜索，无奈冰层堆积如山，没有找到遇难者的尸体，也没有找到希望站的一件遗物，估计他们生还的希望等于零。

24世纪的南极探险史上已经很少有人遇难，这一幕悲剧因此轰动一时，新闻媒体把此事炒得沸沸扬扬。不过，时间的流逝冲淡了人们的记忆，这件事渐渐被人遗忘。当然这不奇怪，生活中每时每刻都在发生各式各样的悲剧，天灾人祸，空难枪杀，交通事故，洪水地震……除了受难者的挚爱亲朋，谁能沉溺于悲伤而不能自拔呢？所以，桑岩队长他们三人的失踪事件闹腾了个把月，不久就销声匿迹了。

一晃十年过去了。这年二月，日本北海道札幌举办的一年一度的雪节使事情出现了转机。大雪纷飞、银装素裹的北国风光招徕着世界各地的旅游者，日本各大电视台也开辟专栏大肆宣传雪节的迷人场面。这本不足为奇，但是敏感的情报部门却从雪节的一条新闻节目捕捉到了重要信息。

事后得知，除了中国科技调查部的情报部门，还有好几个国家的谍报机构对这条信息颇感兴趣。

在日本NHK电视台播送的雪节专题新闻中，有一组滑雪比赛的场面，不知摄影师是有意还是无意，镜头中闪出吉野荣夫的画面——他和许多热心的观众正在为选手助威，站在风雪飞舞的看台，忘情地欢呼鼓掌，他的镜头持续了好几秒钟……

十年前失踪的吉野荣夫，事隔多年突然出现，这个信息当然非同寻常。这条信息的背后究竟意味着什么，很自然地引起官方情报部门的警觉。因为许多国家绝密级的档案库里，关于南极的科学考察及发展成果的材料从来是贴着黄色标签的——这是关系国家利益核心机密的标志。

许多双眼睛都在日夜注视着那块白色的冰原——那里的冰雪消融情况、温度的微小变化、臭氧层范围大小、冰山的数量和漂移路线，甚至连海豹的数量和企鹅孵蛋的成活率，不仅科学家感兴趣，而且还牵动着许多敏感的神经。

我们这个星球负载过重，满目疮痍，人类的贪欲、急功近利、愚昧和非理性行为，打乱了地球亿万年形成的自然秩序。绿色地盘日益缩小，风景如画的湖光山色骤然消失，昨天的沃野良田今日黄沙弥漫，蓝色的天空充斥着酸雨毒汁，洪水、干旱、狂风、海啸，正在吞噬着绿色的田野、秀丽的岛屿、繁华的城市……因此，人们贪婪的目光正在转向地球南端的那片净土，那个没有边防部队设防，也没有竖起铁丝网和国界碑石的冰原，成了许多国家垂涎的目标。

至于桑世杰和沈志挺，一个是桑岩队长的独生子，一个是当年接应希望站撤离的"海豹"号船长，命运偶然地将他们连在了一起。从获知吉野荣夫露面的消息那一天起，他们就决定寻找死而复生的日本极地科学家。他们的目的很明确，就是通过这唯一的线索，打听桑岩队长的下落。

"海豹"号游船驶出隐蔽的潜龙湾，桑世杰见皓月当空，波平浪静，将驾驶交给他的副手，吩咐他们有情况随时报告，自己回到靠近后甲板的卧室。

他并不是休息，而是开始了一番紧张的工作。

桑世杰坐在转椅上，灵巧的指头在电脑键盘上弹跳。

沈志挺独自走到空旷的后甲板，面对波涛翻滚的大海，双腿像树桩一样稳稳当当地叉开，然后甩掉身上的呢子大衣，意守丹田，屏息敛气，在夜幕中挥动起拳脚来了。这是多年养成的老习惯，早晚他都要活动活动筋骨。他练的是什么拳没有人知道，但是内行人一看就知，那一招一式，绝非三年五载能够练出来的。他从小就拜一位少林高僧为师，后来在江湖漂泊，又吸收了各路武林高手的绝招，所以他的拳路融南北拳法于一体，颇有独创性。别看他六十出头，腾跳的轻功、出手的招式，都是身手不凡。他忽而金鸡独立，忽而攀上船栏来个“猴子探海”，刹那间，他又“飞”上船舱顶上……等全身微微发热，一身疲乏一扫而光，他才满足地踱回船舱。

按桑世杰的想法，要找吉野荣夫并不难，既然他是在札幌雪节露的面，搜寻的范围就已经大大缩小了。于是他将吉野荣夫有关的资料统统输入电脑，然后在互联网上搜索。

他瞄了沈志挺一眼，见他的脑袋靠着沙发，发出轻轻的鼾声。“沈老，您这样多不舒服，到床上睡吧。”他说。

沈志挺睁开眼睛，连声道：“我没睡，我没睡……我等你的结果……”

房间里很安静，可以听见舱房外面浪涛的喧哗。“海豹”号正在月光下夜航，走得非常平稳。

桑世杰注视着屏幕，好半天没有吱声。网上调出的信息虽然不少，却都是一些历史资料，时间都在十年以上。那是吉野荣夫失踪以前的历史记录，和桑世杰需要的毫不相干。此外，还有些同名同姓的日本人的档案，更是一堆废纸。至于札幌的常住居民以及最近一个时期各家旅馆的旅客登记，都没有查到吉野荣夫的名字。

“见鬼！这个吉野荣夫，他怎么只在电视上露了一面就马上消失了呢？札幌的户口档案是最权威的，都没有他在这里居住的记录，各家大小旅馆的电脑里也没有他的名字，连海关的出入境人员登记也找不到吉野荣夫的字样，这不是活见鬼吗？”桑世杰带着臀下的转椅移动几步，一脸的困惑，自言自语道。

沈志挺向桑世杰要了一支烟，他早已戒烟，只不过借抽烟提提精神。

对于桑世杰的自言自语，沈志挺未置可否。这样的结果，他并不觉得意外，倒是在他意料之中。

他一口接一口地抽烟，吐出一团团烟圈，像是在品味久违的香烟的味道。

桑世杰见他默不作声，问：“沈船长，您有什么高见？”

“我？”沈志挺用指头掸掉一截长长的白色烟灰，慢条斯理地说，“我没有想好，这事儿没那么简单。”他望了桑世杰一眼，接着说：“你这是按常规来找吉野荣夫的。他在札幌的雪节上露了面，这是第一；第二，他是札幌出生的，又在札幌极地研究中心工作过；第三，他的妻子吉野枝子在全日空北海道分部当空中小姐，婚后他们住在秀岛——离札幌不远，只是秀岛后来沉没了，吉野枝子不知下落，所以你就决定从这儿寻找他的下落，对吧？”沈志挺扳着指头说。

桑世杰直点头。“对呀，这难道还有错？”他不懂沈志挺到底想说什么。

沈志挺笑了笑：“你还是不明白我说的意思，你想一想，吉野荣大是个失踪多年的人，现在突然又在电视上露了面，他可能也会看到电视，如果他不想因为在电视上露面惹出麻烦的话，那么他会怎么做呢？”

“沈船长，怎么您越说我越糊涂呀？”

桑世杰用手拢了拢头发，一脸的莫名其妙。

“这么说吧，”沈志挺挪了挪身子，接着说，“我是这样想的，作为一个有名的极地科学家，又是希望站失踪的当事人之一，吉野荣夫在时隔十年之后突然在札幌出现，这就提出一个问题：他这十年上哪儿去了？因为他如果是在日本，或者就在札幌，他很难摆脱新闻记者的追踪，这太难了，他没法隐姓埋名地藏起来。所以，我认为，他这十年肯定不是待在日本……”

“嗯，您这样分析有道理，我同意。”桑世杰觉得沈船长毕竟是老谋深算，思考问题不一般，想得很深，“不过，如果不在日本，会在哪里呢？”

“有两种可能——我得先申明一句，这可是没啥根据，只是推理——吉野荣夫这十年有两个可能，一是待在南极，不过在南极待十年，很难想象，怎么生活呢？我拿不定主意。所以另一种可能，那就是待在外国某地……”

这回，轮到桑世杰挖苦对方了：“您说了半天等于白说，他总归不会离开地球吧？”

“你还没听我说完嘛，”沈志挺抗议道，“我这样讲是要引出一个重要的结论，这就是不管吉野荣夫这十年待在哪儿，要想找到吉野荣夫，关键之关键——”

“是什么？”桑世杰急忙问。

“你别急，我觉得关键就是吉野荣夫现在突然回日本的目的何在。”

桑世杰见他绕了半天弯子，只说了这么一句不痛不痒的话，颇为失望。“我还是不明白，这能说明什么问题？而且，谁知道他有啥目的？”

“不，这里大有文章。”沈志挺说，“我觉得吉野荣夫的举动是反常的，因为作为失踪的当事人之一，如果他是从南极或者别的什么地方回到日本，他首先应该举行新闻发布会，向新闻界披露十年前希望站失踪事件的真相，他还应该及时向中国驻日使馆以及以色列驻日使馆提供桑岩队长和哈迪姆先生的下落，这是一个正常人的一般做法，但是……”

“但是，他对此讳莫如深，封锁消息，而且改名换姓，把自己隐藏得很深，这说明吉野荣夫来日本是另有不可告人的目的……”桑世杰经沈志挺点拨，心里顿时透亮，接过话茬说了起来。

沈志挺很是高兴：“对呀，他没有想到在札幌的雪节上看比赛，被摄影师无意中摄入镜头，他必定对此很不安，所以很可能溜之大吉，或者找个地方躲了起来……”

他俩越说越兴奋，接着又商量到了札幌，俩人怎样分头去找线索。沈志挺说他以前去过札幌，对那个城市很熟悉，还讲了很多年轻时的趣事；桑世杰说他有几个商界的朋友，到时可以托他们帮忙。这样东拉西扯了一个多小时，如果不是沈志挺提醒“现在都十二点多了”，他们还不知会不会聊到天亮呢……

沈志挺睡下后，桑世杰独自去驾驶室看了看，一会儿也回到舱室休息了。大约是白天太累，他很快进入了梦乡。

他做了很多乱七八糟的梦。一会儿梦见母亲田聪坐在海边的一块大石头上暗自垂泪，等他哭喊着向母亲奔去时，母亲和石头消失不见了，只有汹涌的浪涛席卷而来，他全身泡在水里，双手高举，拼命挣扎……一会儿梦境中出现了札幌的街道，擦肩而过的行人全都用黑布蒙着头慌慌张张地走着，忽然前面有个人掀开盖头布朝他回眸一笑，是吉野荣夫！于是他飞快地追赶，但那个吉野荣夫跑得飞快，一会儿钻到汽车底下，一会儿跑进路边的商店。他累得呼哧呼哧地喘，眼看就要追上吉野荣夫，不料，当他伸手去抓时，吉野荣夫露出狰狞的脸，端起一支乌黑乌黑的机关枪，扣响了扳机……

“救命呀——”桑世杰惊呼道，出了一身冷汗。

二

据说世间有两种人的耳朵最是灵敏。

一是骑兵，他们酣睡的时候尽管鼾声如雷，但耳朵却能捕捉马儿的动静。当马儿安详地吃草，或者待在主人身边一动不动时，骑兵会睡得很安稳。但是一旦马儿焦躁不安，即便是发出轻微的响动，骑兵也会立即醒来，因为那意味着发现了敌情……

再有一种人就是海员了，他们的耳朵比骑兵还要灵。不管多累，他们躺下以后，那双竖起的耳朵始终捕捉着船只的动静。机器的轰响，甲板的颤动，舱房外面的浪涛和呼啸的风声，似乎是美妙的催眠曲陪伴他们进入梦乡。然而一旦机器发生异常或者船速有什么变化，他们就会像骑兵一样猛然惊醒。

桑世杰和沈志挺，这一老一少的两代船长，是突然惊醒的。

还没有睁开眼睛，沈志挺就大声问道："船怎么停了？"话没说完，人已经从床上跳了下来，双脚叉开落在地毯上。

桑世杰的动作比他还要敏捷，一个鲤鱼打挺，翻身而起，几步蹿到桌前抓起了话筒，那是连接驾驶室的直通电话："为什么减速？发生了什么事？"声音很严厉。

"桑船长，请你马上来驾驶台，"值班的副手通过扩音器答道，"发现了两艘日本海上巡逻艇……他们发出信号，命令我船接受检查……"

沈志挺也听清楚了驾驶台的回答，嘴里咕噜了几句，桑世杰一边穿上衣服，一边继续和副手对话："开到什么地方啦？是公海还是日本领海？"

"已经进入日本领海，刚刚进入……他们好像是专为迎接我们而来的……"副手半开玩笑地说。

桑世杰和沈志挺对视一眼，交换了意味深长的目光，什么也没有说，立刻推门而出。

这是黎明前最黑暗的时分，月亮落入黑沉沉的大海，没有星光，厚厚的云压在船头。从甲板的舷梯走上驾驶室，风很大，呜呜作响，寒冷的海风使他们不禁打了个寒噤。

他们在走上甲板时已经看见游船的前方有两条巡逻快艇，探照灯雪亮的灯光划破夜幕，像长长的手臂拦住了去路。其中一艘快艇加速驶来，打算从右前方包抄游船。

"神气什么！"桑世杰朝气势汹汹的快艇唾道。

桑世杰、沈志挺进入驾驶室，看了看海图，问明情况，驶向游船的巡逻快艇已经逼近，离游船左舷不到二十米远了。

“……除驾驶人员外，全体船员在主舱集中，放下武器，任何人不得违抗……”从巡逻快艇的喇叭传来最后通牒式的警告，是用日语和英语交替说的。

黑浪翻腾的海面，两艘巡逻艇和一艘游船对峙着，游船很快减速，在原地打转；那艘逼近的快艇灯火通明，可以看见海上缉私人员手中武器的闪光。

桑世杰见那艘快艇渐渐靠拢，他让副手留在驾驶台，自己跑上前甲板，接过快艇扔过来的缆绳。

船上所有的人都醒了，也听见日本海上巡逻艇的喊话。几分钟后，他们纷纷来到船舱中部布置豪华的会客厅，那里有沙发、会议桌和围成一圈的坐椅，足足可以容纳二十多人。

坐在轮椅上的森田先生穿着丝质睡袍，外面罩了一件呢子大衣，被管家推了进来。他仍然戴着一顶礼帽，脸被帽檐遮住，向在场的人点点头，算是打过招呼。

桑世杰在前甲板等着快艇的缉私人员，他们共有五名，除了四名端着自动步枪的，为首的是个四十岁上下的警官，他身材不高，滚圆的身躯将黑制服撑得紧紧的，腰间皮带上佩着白皮套的手枪。他的马靴踏上甲板，乌青的脸上肌肉抽动，皮笑肉不笑地说：“你是船长？请带路，我们是例行检查……”说罢，他向身后的警员一挥手，他们立即四散开去。一个冲进驾驶室，另外两个分头占领前后甲板，还有一个贴在他的身后。

桑世杰本来会讲一口流利的日语，这时却故意装作什么也不懂，用英语回答他的问题，他知道，日本人天生不是学英语的料，让他干着急才好呢。

那个警官也不多话，随即由桑世杰领路进了会议室。

他向会议室的人扫了一眼，当他看见端坐在轮椅上的森田先生，浓黑的眉毛跳了几下。

“几个人？”他坐在会议桌的一端，将夹在腋下的簿子放在桌上，改用英语问话。

沈志挺和他面对面地坐着。

船上的管家站在轮椅后面，将森田推到主宾席位置。

司炉一边用棉纱擦去手上的油污，一边乜斜着眼睛瞅着警官身后的警员，他一动不动，毫无表情，像是一具木偶。

只有桑世杰站在门旁，不冷不热地回答对方的提问。

“除了驾驶室留下一个值班的，全船的人都在……”

“你们的全部证件。”警官问。

桑世杰向管家努了努嘴，管家会意地走到墙角，那里有个保险柜。

管家取出随身的钥匙串，打开保险柜沉重的铁门，将好几个卷宗统统抱出来。里面有游船的全部合法文件：登记证、保险单、国际航海俱乐部颁发的证书、外交文本……他将卷宗放在那个警官面前。

警官一脸傲慢，打开卷宗后，他取出文件，翻过来倒过去，似乎想从中挑出毛病。

但是，找不出破绽，没有一份是假的。他有点不耐烦了，每看完一份，就像赌场的庄家发扑克牌一样，将文件漫不经心地扔到桌上。

文件被一份一份地抽出，散乱地堆满一桌。

会议室里悄然无声，几双眼睛盯着那个官员长着一撮黑毛的脸孔。

终于，他开始找碴儿了。

“你们来日本干什么？”粗声粗气的声调。

“旅行，看看老朋友，没什么要紧的事……”是桑世杰的回答。

“没有要紧的事，那为什么非要夜航？”他的目光咄咄逼人，冷笑道。

“贵国有什么新规定吗？不许夜航？”桑世杰声调不高，可话里有刺。

“你……”警官扬起眉毛，意欲发作，但又将到了嘴边的话咽了回去。

他将桌上的文件一推，霍地站起。“对不住，这些文件不能说明什么，按照上面的规定，我们要对贵船进行搜查，请你们各位协助。”他冷冰冰地宣布道。

那种盛气凌人的架势，似乎是没有商量余地。

桑世杰头一次遇到这样蛮横不讲理的场面，血涌头顶，向前迈出一步，意欲要他说明搜查的原因，但那个警官轻蔑地冷笑，右手故意抓住腰间别着的枪柄，他身后的警员也将枪口对准桑世杰。

会议室里几双眼睛怒目而视，气氛骤然紧张起来。

“搜！”那个警官从牙缝中挤出一声命令，顿时引起一阵急促的脚步声。

他身后的“木偶”立即夺门而出，向他的同伴发出搜查的命令。

“放肆！”突然，坐在轮椅上的森田摘下帽子，重重地拍了下轮椅的扶手，怒不可遏地喝道。

他是用日语说的，叽里咕噜说出一大堆话来，接着他那颤巍巍的手在睡袍里摸索，掏出一个薄薄的本子，那是一个有烫金的羊皮封面的本子，装帧很考究。

森田将本子扔过去，差点砸在那个警官的脸上。

桑世杰愣了神，简直不敢相信自己的耳朵，因为森田将那个警官骂得狗血喷头，很不客气。

那个警官被森田臭骂了一顿，顿时晕头转向，他不敢相信居然会有人当面辱骂他，而且在大庭广众之下。他可是负有特殊使命的，谁敢这样顶撞他，不是自己找死吗？！

但是，不知道是一时乱了方寸，还是森田的威严震慑了他，这位警官红着脸却没敢还嘴，他拿起扔在桌上的那个本子，放在眼前瞄了一眼。

蓦地，当他的视线一接触那个薄薄的本子，他的脸色由红转紫，由紫转灰，像瞬息即变的变色玻璃。豆大的汗珠从头发缝里渗了出来，流淌在鬓角和那铁青的脸颊，他拿本子的手不由自主地颤抖，好像那个本子重得托不起来，于是他的另一只手也一起捧起那神奇的本子。

他还算是聪明人，立即朝门外大声喊叫，让他的部下停止搜查。

接着，他将那个羊皮封面的本子举到头顶，趋步上前，一直走到森田面前，诚惶诚恐地向他深深地鞠了一躬。

“阁下，卑职瞎了眼，不知道您在船上，实在是冒犯您的尊严，无论什么处罚都不过分，请您包涵，实在对不起，实在对不起！”他用日语哆哆嗦嗦地说，其态度之诚恳、语气之谦卑，与刚才判若两人。“如果允许的话，我这就带部下离开，由于我的过错，打扰了您的休息，耽误了您的行程，罪过罪过……”这位警官的话说得语无伦次，令人莫名其妙，但桑世杰和沈志挺一听，不由得心里“咯噔”一下：看来，森田先生并非寻常之辈，此人大有来历；他的那个羊皮封面的小本本似乎是十分重要的身份证明，不然，那个警官不至于如此诚惶诚恐吓得屁滚尿流了。

这时，森田先生却摆了摆手，微微一笑，和颜悦色道：“不知不怪，你是办公事，理应认真负责，我会告诉你的上司，好好地嘉奖你的……”

“不敢不敢，阁下不怪小的就是天大的恩赐。”警官连连鞠躬，“我不打扰阁下休息，这就告退，马上就走……”他边说边朝后退。

森田先生却将他叫住，又让桑世杰和沈志挺留下，其余的人都让走开。

“你不要忙，我还有话问你，”森田说，又转向桑世杰、沈志挺，“你们懂日语吧？”

桑世杰、沈志挺相继点头。

那个警官偷偷地白了桑世杰一眼，心想：“这个滑头，装模作样说英语，原来会说日语呀。”

“好吧，你们都坐下，”森田转向警官，“你也坐下吧，不必多礼……”

“我想问你一些事情……”他对那个受宠若惊的警官说。

“阁下尽管问，卑职知道的一定如实禀告。”他坐得腰板笔挺。

“这两位是我十分可靠的朋友，帮我做事的，你尽管放心。”森田为了打消他的顾虑，先做了一番说明，“你们这次搜查，目标是什么？不会是例行公事吧？”

“是，阁下明鉴。警视厅紧急布置，命令我们擒拿一个重大的走私犯，喏，这里有他的照片，我们是晚上九点接到通知的，海上巡逻队全体出动，目前在日本领海周围布下了天罗地网，对一切过往船只进行搜查……”他从手中的本子里取出一张图像清晰的人头像，顺手递给了森田。

桑世杰从旁瞄了一眼，不禁失声惊呼道：“是他……”他看见的人像竟是吉野荣夫。

沈志挺大吃一惊，连忙伸过脑袋去确认，不错，确实是他们寻找的吉野荣夫。

他俩对视一眼，心里不觉暗自纳闷。

只有森田不动声色，眯缝着眼睛细细端详头像。

“你们见过此人？”那个警官见桑世杰和沈志挺的神态不对，颇觉奇怪，盘问道。桑世杰和沈志挺摇摇头，遮掩过去了。

森田放下手中拿着的那张头像，漫不经心地说：“出动这么多警力，四处搜索，这个人一定是很重要的人物啦，不知道他犯了什么法？你刚才说他搞走私，是吗？”

“阁下，卑职只是执行上峰的命令，详情不得而知，只是知道他是走私宝石的，携有大批来历不明的宝石入境。对了，听说有红宝石、蓝宝石还有钻石，价值连城……”说到这儿，警官压低声音，讨好地对森田说，“最重要的是，现在不光是警视厅要抓他，还有人也想找到他，那是一笔大得惊人的财宝，所以要快，不能让别人得手……”

“是啊，这可要发大财呀……”森田说罢，微闭双眼，枕着轮椅靠背，仿佛睡着了一样。

坐在一旁没有吱声的桑世杰和沈志挺却满腹疑团，他们无法相信吉野荣夫会是走私犯，而且是走私宝石，这简直是天大的笑话。在他们心目中，堂堂的科学家，怎么会和走私犯罪活动联系在一起呢！

可是，这个巡逻队的警官言之凿凿，又有吉野荣夫的相片，这又怎么解释呢？

他们的脑子里像一团厘不清的乱麻。

突然，森田睁开眼睛，对警官道："谢谢您告诉我们许多有趣的事情……天不早了，你去忙你的事吧！"

他下了逐客令。

那个警官早就等着这句话，他还惦记着那批诱人的宝石呢。

巡逻快艇撤走后，森田不假思索地吩咐桑世杰，马上驶往小樽港，争取天亮之前赶到札幌。

"好些日子没有回家了，该回去看看我的果园啦。春天快来了，鹳鸟快要飞来筑巢了吧……"说这番话时，他的目光是迷惘而忧郁的，令人捉摸不透。

三

一轮昏黄暗淡的落日，像是掉进浑浊的污水池，在灰蒙蒙的海天衔接的地方消失了。夜幕无精打采地升起，先是掠过漂浮着垃圾、塑料瓶和乱七八糟杂物的海滩，继而向岸边的码头货栈笼罩过来，那一带也是一片狼藉，堤岸坍塌的地方乱石堆积，到处泥泞，倾斜的吊车和破损的车辆横七竖八地散放一地，像是一场战争留下的废墟。一些披着防雨斗篷的工人正在清扫淤泥，集装箱大卡车来来往往，大概是装卸货物，而在码头的泊位，停泊的货轮正在起航……

夜幕似乎不忍人们目睹大煞风景的画面，借助呼呼作响的大风，很快将小樽港吞没了，连同那沿着海岸伸展的楼房，也被那夜幕的黑色潮水整个儿淹没了。

桑世杰开着船上的那辆越野吉普离开小樽港码头时，已是第二天傍晚时分。

他们是中午才勉勉强强在码头找到停靠的泊位的。一场猛烈的风暴潮在天亮之前猝不及防地袭击了整个北海道，事先居然没有被监测到。“海豹”号游船不用说遇到了极大的险情，浪涛汹涌，游船像脆弱的蛋壳在风浪中挣扎，好几次差一点儿葬身海底，如果不是船的性能好，加上沈志挺船长亲自出马，恐怕我们的小说也无须再写下去——幸好，他们死里逃生，总算安全无损地到了目的地。

这场风暴潮将小樽港糟蹋得一塌糊涂，防波堤几乎荡然无存——那是上个世纪日本最宏伟的海堤，工程巨大，但一夜之间就被海浪吞噬了。停泊在防波堤的船只，损失的情况还在调查，但是完好的所剩无几，许多船主恐怕要宣告破产了。码头一片狼藉，几丈高的潮水铺天盖地而来，幸好港口的堤岸还算坚固，减少了损失，但一些仓库货栈进了水，堤岸也有几处塌方，所以他们在港外转悠了好半天，才算找到一处偏僻的码头，那是修船厂的备用码头。他们将游船开进了修船厂，估计没有半年它是难以下水了——游船已是百孔千疮、面目全非。

吉普车向夜幕沉沉的札幌开去，森田神情疲惫至极，半躺在柔软的靠背上，无力地闭上眼睛。

“灾难，灾难啊，小时候，我常到小樽的海滨来玩，蓝天碧海，洁白柔细的沙滩，多么美啊，可惜，这些都永远地消失了……”他深深地叹息道。

黑暗中，消瘦憔悴的脸颊淌着一滴泪珠，他没有觉察。

这些年，世界各地频频发生的自然灾害，深深刺痛了他的心。他知道，天祸不可避免，但这些天祸的实质却是人为的灾难。他曾经为之担心的事，不幸而言中，并且比他预测的还要严重得多。

三十多年前的一天晚上，他清楚地记得那是23世纪最后的一天，东京新宿高楼大厦夹峙的一所戒备森严的深宅大院里，当时的前大藏大臣主持了一次秘密的“恳谈会”，日本各界不少的头面人物都出席了。那次会议的内容非常机密，因为议论的话题是日本计划向南极洲大规模移民的可行性和紧迫性，那天晚上的会议唱主角的是日本极地研究所血气方刚的所长木村世雄，他是力主向南极洲移民的。但是在压倒多数的附和声中，也有一位科学家力排众议，慷慨陈词，坚决不同意向南极洲移民。当时，他是东京帝国大学最年轻的教授、极地系主任。

他的姓名是森田一郎。

那次会议因为双方意见分歧，最后没有形成任何决议，也没有只言片语留下来，除了会议的参加者，外界对此一无所知。

不过，森田一郎知道，自此以后不久，他便被排挤出南极研究的学术圈子，学术会议很少有人请他出席，他的论文也被一些刊物非常客气地婉言谢绝，似乎有一股无形的力量将他拒于南极研究的大门之外。而且，他风闻移民南极的秘密行动——代号是“樱花行动”——已经在悄悄地实施，神不知鬼不觉，一切都是那样迅速、那样隐秘，捕捉不到任何蛛丝马迹……

虽然关于日本移民南极的传闻很多，国际上也颇为重视，但日本政府始终矢口否认，并在各种场合公开“辟谣”，外务省还专门就此向各国提交备忘录，声称这是对日本的诽谤，这类传闻纯系子虚乌有，于是也就不了了之。

但是，森田一郎是一个敢于捍卫真理的科学家，他仍然继续发表演说，在报纸上发表文章，在电视台露面，向公众讲述保护南极生态环境的重要性，呼吁人们关心南极那片冰雪大陆的变化，他特别强调：一旦破坏了南极的自然环境，可能给人类包括日本在内带来的巨大灾难……

森田一郎这时在东京帝大领导的森田实验室开展了对南极洲的全方位研究，这后来被科学界喻为南极研究的“世纪飞跃”。他和他的一批年轻博士们将几个世纪收集的南极考察资料全部输入超级计算机，几乎囊括了迄今为止的冰雪记录、大气、冰原面积的扩张和萎缩，南大洋的冰山年度季度变化和海冰记录，南极上空臭氧层空洞的变化和极光的频率与强度，甚至包罗南极地衣的覆盖面积和海豹、企鹅及磷虾等生物的种群变化……这些单个的、孤立的自然因子过去都是科学家们逐个分析的对象，如今作为南极生态链上的一环被纳入一个庞大的立体系统。于是，超级计算机又从浩如烟海的全球系统中选择了最为敏感、最有代表性的因子，诸如水灾、旱灾、风暴潮、地震、海水的水位及盐度变化、全球水温的变动、雪山的冰川消融增长数据、农作物的丰歉、传染病的流行及瘟疫、果树的大年小年及花期的提前延后、沙漠化的速度、树木年轮的变化、服装流行色的变化、婴儿出生率与死亡率对比、男性与女性的差异、人口年增长及年死亡人数的变化，甚至输入了交通事故的频率、飞行事故的季节特征和人类消费心理的变化……于是大自然不再是被人为分割的孤零零的个别现象，千百年来人们从个别现象观察世界而不断产生的片面的错误得以有了正确解释，在森田实验室的亿万次数据处理之后，出现了被他们命名为“森田模型”的自然生态数据模型，这个接近实际的理论模式向人们第一次提供了自然因子错综复杂而又清晰可辨的逻辑程序，展示了自然界相互依存、相互影响的辩证关系。例如，他们发现当南极洲的极地气旋数量超出年平均值时，东亚地区包括中国东北、朝鲜半岛和日本列岛的夏天将阴雨绵绵，粮食必定歉收，而这一年服装的流行色通常是黑色；当南极洲的海洋冰山数量急剧增长时，非洲中部和北部将出现干旱，南美的柑橘将会丰产，而太平洋西岸的地震将会十分频繁……

森田模型的理论著作很快以日文出版，在国际上引起了很大轰动，中文、英文、法文、德文、西班牙文等主要语种的版本相继问世。森田一郎和森田实验室，在一段时期和美国的贝尔实验室一样闻名遐迩。当然，对这一理论进行批评甚至全盘否定的文章也很不少，但是无论措辞怎样激烈的文章都无法否定森田对科学的重大贡献，这是学术界的一致看法。

森田一郎已经到达事业的顶峰，他也在考虑退休，将他的研究交给几个得意门生。就在这时，一件意外的事发生了。

那是五年前的一个傍晚，他像往常一样从帝国大学报告厅做完学术演讲后驱车回家，他最小的女儿和他结伴而行。他有三个女儿，两个出嫁了，只有最小的女儿在他身边。

森田一郎亲自驾车在快车道行驶，女儿坐在驾驶座旁边。她是帝国大学英语系高才生，才貌出众，是个性情活泼的女孩。父女俩正在愉快地交谈，谈话很轻松，漫无边际……突然，从前面的岔路口冲出一辆载重卡

车，它无视交通规则，径直朝他们的车冲来。

森田一郎大惊，急忙转动方向盘，企图避开迎面而来的载重卡车，但是已经来不及了。为了保护女儿的安全，他在千钧一发之际，拼出全身力气将女儿按到座位下面，用自己的身体将她挡住。由于载重卡车是从左前方冲过来的，他将车头迅速扭向右方，这才避免了与载重卡车的正面相撞，但是毕竟来不及了，卡车的车帮和后轱辘猛地从车门旁边压过去，他坐在车门旁边，立即被连挤带压倒在血泊中……

这一切都发生在短短几分钟之内，肇事的卡车逃了，无影无踪。当惊魂未定的小女儿推开车门，绕到另一边企图救起昏死的父亲时，无论如何也拖不动他那沉重的身躯，他的双腿粉碎性骨折，下半身血肉模糊，女儿见状吓得几乎晕倒在地……

接下来的场面无须赘述，读者可以发挥自己的想象。交通警察慌慌张张地赶来，画着红十字的白色救护车在大街上呼啸疾驰，医生和护士们推着手术车将奄奄一息的森田一郎送上手术台，而无依无靠的女大学生坐在走廊的椅子上暗自垂泪——森田一郎的结发妻子早已去世，另外两个女儿一个在美国，一个在澳大利亚，都派不上用场。

不过，万幸的是，森田一郎没有生命危险，一流的医生和一流的医疗设备保住了他的命，但他的双腿因伤势过重，虽然保全下来，却再也不能支撑他的躯体了。会诊的结果是，森田一郎的余生将与一架电脑操纵的轮椅结伴了。这都是后话。

在森田一郎躺在手术台上被抢救和术后昏迷的头两天，发生了另一件出乎森田一郎意料的事，也许可以说是悲剧中的喜剧吧。

几乎是在他进入手术室的那一刻，东京帝国大学，东京，不，全日本，乃至全世界许多大城市的电话、电传机和电子信箱，还有难以计数的电视台、电台，大小报纸的数以万计的记者都在鼓噪不安，像热锅上的蚂蚁一样。

森田一郎家里的电话像拉警报一样日夜响个不停。

许多各种型号的小轿车、采访车像干旱的秋野飞来的蝗虫占据了千叶县那条小巷所有可以停车的空间，连警车也来凑热闹，开来了十几辆，以维持秩序——但秩序越来越糟，简直乱了套。

电视的显示屏和电台的许多频道都在发出绝望的呼喊：

“森田一郎教授，你现在在哪里？请随时告诉本台……”

有的电视台和新闻媒体别出心裁，悬赏五十万日元，以奖励提供森田一郎教授线索的人。

虽然没有人统计，那几天日本恐怕不少于一千万人昼夜不眠，睁大眼睛盯着电视机的屏幕；许多家报纸因为抱着一线希望等候最后消息而延迟了付印时间；至于森田实验室的十几位年轻的博士和教授，个个熬红了眼睛，哭丧着脸，心忧如焚……

到了最后，事情弄得天皇陛下龙颜大怒，首相也坐立不安，因为不光是国内民众激愤，纷纷指责政府无能，国际上一些著名科学家和学术团体也纷纷指责、诘问。世界南极科学委员会主席劳斯教授甚至大发雷霆，向日本大使递交了一封措辞严厉的抗议信，信中有一百五十位世界一流的南极专家签了名……

因为，谁也不知道森田一郎教授到哪里去了，从帝国大学报告厅出来后，他消失了。无论是他的实验室、他家里、他女儿的宿舍，还是他平时要好的朋友家，甚至他常去的酒馆和体育馆，他都不在。五十万日元的悬赏涨到一百万日元，居然没有人响应。

这是怎么一回事呢？

原来，当森田一郎教授倒在血泊中的一瞬，远在北欧的瑞典斯德哥尔摩的一幢古老的大厦里，围坐在一张会议桌边的十一位德高望重的教授举起他们高贵的手，一致决定将本年度诺贝尔物理学奖授予日本著名极地物理学创始人、森田模型的提出者森田一郎教授，以表彰他“运用宏观物理与数理逻辑推算手段，完成了有史以来对地球环境因素综合影响及其规律性探讨的划时代的成就”——那份用拉丁文和瑞典文写的决议就是这么评价的。

一刻钟后，等候在会议厅门外的一百多位世界各大通讯社、电台、电视台的记者，从简短的新闻发布会获得这条重大新闻。而且每人都有一份新闻打印稿。据说日本共同社的首席记者当场晕倒在地——他太兴奋了，是身旁的一位中国记者扶着他到卫生间，冲了冲凉水才清醒过来。

新闻发布会结束后五分钟，东京NHK电视台的特别节目立即第一个宣布了这个消息，共同社晚了三分钟，驻瑞典首席记者因此扣了一个月奖金。接着，《读卖新闻》和《朝日新闻》在半小时后印出对开的号外各一百万份免费分发。当时，日本国会正在讨论地方选举法修改提案，议长宣布临时变更议程，议员们一致通过决议，以国会名义向森田一郎教授发致敬电，推举森田一郎为终身国会议员，并建议政府增拨专款扩充森田实验室，理由是森田一郎是日本进入24世纪以来第一位获此殊荣的大科学家，非如此不能表明国人对科学技术的重视。这个决定也立即被新闻媒体广为传播。

但是，首相第一个碰了钉子。秘书费了好半天才找到森田一郎寓所的电话号码，首相事先打好腹稿，秘书站在一旁记录，以便当晚向报界公布，这是首相支持科学技术的一条绝妙宣传。可是，电话没有人接，足足等了五分钟的首相困惑而丧气，打消了发新闻的意图。

于是，由此开始，全国都在找森田一郎，其混乱场面可想而知。事情到了第三天有了结果。这要归功于医院的一位女扫地工。由于森田一郎是第三天清晨醒来的，危险期已过，病房值班女护士通知女扫地工进病房打扫。这位四十来岁的女人识字不多，但回家还是看电视的，知道全国都在找一个名叫森田一郎的人，她弄不清人们为什么要找他，也不知道他是什么大人物，干吗还要悬赏一百万元奖金。她是个穷寡妇，养着一个读初中的男孩，母子俩日子过得紧巴巴的。昨天晚上，她还和儿子开玩笑，要是有一百万元，借的债就不愁没钱还了，下学期的学费也有着落了。儿子还笑话她，一百万元是多少她都不知道，那可要发财了，不用辛辛苦苦当扫地工……她就这样胡思乱想着，推开森田一郎的病房。

女扫地工做事笨手笨脚的，她本想不惊动病人，还有一个坐在病床旁边椅子上打盹的漂亮小姐，但结果适得其反。她手里的拖布掉在了地上，当她弯腰去拿拖布时，床头上一个铁牌又落了下来。

躺在床上的森田一郎惊醒过来，女儿也打着哈欠，俯身拉着父亲的手。“爸，你终于醒了……”她抑制不住地哽咽道。

“啊，这是哪儿，发生了什么事……”森田一郎渐渐恢复记忆，喃喃地说。

女扫地工俯身去取掉下的牌子，嘴里不住地说：“对不起，对不起，把你吵醒了，我不是有意的……”

森田一郎的女儿答道：“给你添麻烦了……”

女扫地工拣起地上的牌子，正欲挂在床头，蓦地，她的目光被牌子上的病人姓名吸引住了，虽然她识字不多，但“森田一郎”这几个字她是认识的。这个愚蠢的女人做了一件一生最聪明的事。她抑制住内心的激动，因为这时她的心跳加速，手也在发抖，但她长长地舒了口气，探身问道：“先生，您是不是叫森田一郎？”

当然，她立即得到了两个人一致的回答。

聪明的女扫地工又朝病床上的病人足足注视了三分钟。对，是他，我的天，电视上有他的相片。

当森田一郎和女儿询问她有什么事时，女扫地工笑了笑，什么也不讲，一阵风似的冲出了病房。

她找到医院附近一个公用电话亭，拨通了NHK电视台的值班电话，通报了自己的姓名和地址，于是日本新世纪第一位诺贝尔奖奖金获得者的行踪，由这位聪明过人的女人之口，传播到了全世界……

接踵而来的又是一连串的出人意料：森田一郎出院后拒绝了所有的新闻媒体的采访，离开了东京，悄悄地回到老家——札幌偏僻的一个山村。连在斯德哥尔摩举行的诺贝尔奖领奖仪式上，也由日本驻瑞典大使代为领奖，他以行动不便为由婉言谢绝出席。

唯一违背自己意愿的是他不得不勉强接受终身国会议员的虚衔，因为国会通过的决议早已公之于世，他不好意思推辞。除此之外，他也指望利用国会的讲坛，做些自己想做的事情。

他以隐居山林回绝了世间的虚荣，看起来有些不近人情，有不少人是这样看的。但是森田一郎自有打算，他自知年事已高，剩下的时间不多了，尤其是这次有预谋的车祸提醒了他，他需要着手集中全力做几件大事，现在对他来说最需要的是时间。

躺在医院的病床上时他的想法就酝酿成熟，有生之年他要揭露日本向南极移民的真相。森田实验室有效的工作掌握了大量信息，证明南极大陆的急剧变化有许多人为因素，他很怀疑这和日本移民有连带关系，但还缺乏足够的证据。

他知道进行这项工作十分艰难，车祸的精心策划说明有人要暗中加害他，企图封住他的嘴，这是毫无疑问的。他不会忘记在世纪之交召开的秘密“恳谈会”，虽然时过境迁，有的当事人早已下野，但那次拟订的移民计划肯定仍在悄悄地进行，对此他毫不怀疑。

所以，他决定尽快在人们的记忆中消失，对于一个双腿残废的老人，这样的选择能够被人们理解。诺贝尔奖奖金为他换来一艘先进的游船，那是他代步的工具，他可以云游四海，不受限制地开始调查了。

森田一郎的目标一开始就抓住希望站考察人员失踪的事件，从这里下手是经过深思熟虑的。时间的巧合还在其次，希望站所在的毛德皇后地的冰情变化是最为引人注目的。而且，三名失踪人员中有一名日本人吉野荣夫是他的学生，吉野荣夫出征之前和他谈过多次，他们有共同的观点。于是，他很容易就找到了桑岩队长的遗孤、当时正在求职的桑世杰，也许是天意吧，他们一见面就很投缘，他很喜欢这个年轻的中国人，这样，“海豹”号游船完全可以放心地交给他了。

他将游艇命名为“海豹”号，似乎也表明他要查明希望站人员失踪真相的决心。当年，正是中国派出破冰船“海豹”号去接回考察队的。

现在，吉野荣夫失踪多年后突然出现，在森田一郎看来，这是一个吉兆，也许是一个转机，他凭直觉判断，他等待多年的这一天，也许为期不远了。

昨天后半夜的狂风恶浪，使“海豹”号受了重创，森田一郎又像过了一次鬼门关，他突然萌生了人生无常的想法。这也许是老人的心态吧。因此，他觉得有些事还是有必要向桑世杰挑明，再瞒下去没有必要，还有这位老成持重的沈船长，也是很可信赖的人。他相信这是天意，否则这些素昧平生的人不会凑在一起，这绝不是巧合，而是上天的有意安排。

于是，在回家的路上，森田一郎第一次向桑世杰和沈志挺敞开心扉，道出了他的身份。

桑世杰心头一阵发热，竟不知说什么才好。他一直把森田当作日本的阔老板，自己不过是个高级雇员，听他这样一讲，原来并非如此。想到森田一郎千里迢迢来到异国他乡，高薪聘用他，竟是为了帮他寻找失踪多年生死不明的父亲，他不知道用什么语言表示自己的感激。

而沈志挺的脑子里仍在琢磨森田一郎的一番话，他很敬佩这位日本大科学家，不过有一点他存在疑窦：既然他们都把希望寄托在吉野荣夫身上，为什么海上巡逻队正在搜捕走私宝石的吉野荣夫，森田一郎不和他们配合行动呢？与此相反，森田一郎放着到手的线索不管，又让他们急急忙忙连夜回家，这又是什么意思呢？

车窗外面已经见不到灯火，两旁尽是黑黝黝的山岭和寂静的田野，日本乡村有的地方还是很落后的，现代文明之风似乎还未吹到穷乡僻壤，跑到这儿来干吗？沈志挺心里觉得挺别扭。

他回过头，向后座的森田一郎发问："刚才听您说起，吉野荣夫是您的学生。当年我去南极，和他一起在船上生活了一个多月，我们很熟，他是个很招人喜欢的人。我弄不明白，他怎么会搞宝石走私，闹得警方追捕，这是怎么回事？"

这个问题，也是桑世杰想不通的，他附和道："会不会搞错了？"

森田一郎"哦"了一声，沉吟片刻，说："你提的问题确实有道理，关于宝石走私一事，我也偶有所闻，近些年日本的宝石市场，也不光是日本，世界许多国家的宝石市场都发现了相当数量的走私宝石，这已经不是什么新闻。不过，我们的实验室，就是森田实验室，有一位地质矿产专家偶然发现，这些走私宝石经过测定，来源是南极洲，我们将之定名为南极宝石。这个发现当然太值得重视了……”

“森田先生，我还是不懂，宝石这玩意儿能知道是哪儿产的吗？”正在驾车的桑世杰提出疑问。

“哦，这不难。我们的专家用电子显微镜观察宝石的晶体结构，是很容易鉴别它的出产地的。”

沈志挺还是一味地穷根究底：“就算是南极的宝石吧，吉野荣夫难道改了行，专搞宝石走私了？”

不料，森田一郎嘿嘿地笑了：“沈船长，你知道我们日本的房子，窗户和门都是用纸糊的。这么薄薄的一层纸隔着，房里有什么秘密外面也是看不见的。吉野荣夫走私宝石的真相到底是怎么回事，你我都隔着一层窗户纸，怎么看得清呢？”

“窗户纸，那可是一捅就破呀！”沈志挺似懂非懂地接了一句。

“对呀，是这么回事……”森田一郎闭上眼睛，说话的声音越来越低，不一会儿，后座上传来轻微的鼾声——老教授睡着了。

四

这个地方叫汤山，在地图上也难找到它的名字。它是一片莽莽苍苍的林海中的一个小村庄，要翻过好几道山，走上八九十里，才能看见犬牙交错、碧水长天的海岸哩。

汽车颠簸到后半夜才到达。有一段十几公里的路很不好走。冬天的冻土开始翻浆了，夜里又结成薄冰，被车辆碾出的深沟浅洼，形成搓板般的路面，走在上面就像摇煤球一样，人的骨头都快摇散了架。白天据说也没有多少过路的，偶尔可以遇到堆着柴草的牛车晃晃悠悠地走过，夜里更是冷冷清清。路旁幽暗的树林像一堵看不见尽头的高墙，车行其间仿佛钻进

了永远看不见光明的黑暗隧道。

森田一郎的住宅就在这样荒僻的山乡，这是出乎桑世杰的想象的。如果要说退休养老的话，这地方倒是有它的可取之处。

大路尽头，跨过一条名叫隅田川的急流，过了桥是缓缓的山坡，在高出河床十几米处辟出的一块平地，就是森田一郎的府第了。

说是府第，只是当地乡民的尊称吧，那是他的祖父留下的百年老屋，后来重新翻修过。院子很大，有三幢大体上呈“品”字形布局的房子，式样大同小异，是北海道乡村垒石为基、青砖灰瓦的平房，当中的正屋高大些，房前檐下有一道斜坡，安装了金属栏杆，是为森田一郎便于坐轮椅出出进进特地修的。正房前面是左右对称的厢房，一边是管家女佣住的，另一边是安顿客人下榻的临时客房。房前屋后尽是百年老树，连院墙也是密不透风的一排当地常见的黑松，将院中的房屋严严实实地遮住了。

不过，到汤山时正是大夜弥天之际，除了隅田川淙淙的流水声和灌耳的松涛声，桑世杰对这里的东西南北一无所知，他只记得深一脚浅一脚地进了一间客房，澡也懒得洗，倒在床上就进入了梦乡。

他几天几夜没有睡好，又加上摸黑开了一夜的车，眼皮像灌了铅，实在困乏至极。

他一直睡到次日的下午，太阳快偏西了。

沈志挺几次进屋要叫醒他，见他翻转身又睡着了，只好作罢。

桑世杰足足睡了十几个小时，算是将欠下的睡眠补过来了，他睁开眼睛，一线阳光透过窗户洒在他面前的粉墙上。

忽地，他的耳际传来一阵螺旋桨的轰鸣，声音很响，仿佛就在房顶盘旋。他噌地跳下床，连上衣也顾不上穿，抓起衣服飞快地夺门而去。

他和快步奔来的沈志挺在院子里相遇。

抬头望去，一架草绿色的军用轻型直升机正在头顶的蓝天翱翔，像一只振翅而飞的鹰，它盘旋着，越飞越低，忽远忽近。一会儿，它从院子里的树丛上空掠过，朝着正屋后面而去……

沈志挺拉着桑世杰快步绕过正屋，从一条水泥路奔向山坡。桑世杰这

时发现，正屋后面的山坡非常开阔，有一个一亩大小的水泥停机坪，专为起降直升机用的。停机坪周围的山坡是水泥浇筑的建筑物，外观如同天然的山岩，但一眼可以看出是人造的，上面依然是郁郁葱葱的黑松林，但是松林中隐约可见高耸的天线塔和锅状天线接收装置。后来他才知道，这里就是世界瞩目的森田实验室。

当桑世杰跟着气喘吁吁的沈志挺跑到离停机坪不远的地方时，那架草绿色的直升机已经降落下来。从水泥建筑物的门洞里跑出十几个身穿白色长褂实验服的日本人，接着坐在轮椅上的森田一郎被人推了出来，在他身旁是个大胡子的男子，他身穿茶色棉夹克，戴副墨镜，走路一晃一晃的。他显然看见了桑世杰，便大步朝他这边跑来。

“我是吉野荣夫，很对不起，本想和你好好地聊聊，但你一直睡不醒……情况已经向老沈讲过，他会告诉你的，我这就走了，你快去找你父亲，他还活着……是的，他还活着！一直在盼着你们……”他拉住桑世杰的双手，一口气把要说的话全都倒了出来。

桑世杰惊呆了，被这突如其来的喜悦弄得手足无措。多少年的期盼，几乎是每时每刻都在等待的希望，却是在这样毫无思想准备的时刻突然降临，这是他始料未及的。当他确信面前这个满脸风霜的日本人正是和父亲患难与共的朋友时，时间却不允许他们多待上哪怕短短几分钟，这是从何说起？据沈志挺后来告诉他，吉野荣夫几次进客房来找他，叫他，推搡他，他却鼾声如雷。吉野荣夫坐在床前足足待了一个多小时，像是看着自己的儿子一样泪水涟涟……

桑世杰一时语塞了，只是两眼直勾勾地望着对方。他有多少话要问，有多少心里话要向他倾诉啊！见到了吉野荣夫，如同看见了自己的父亲，他不懂为什么他走得这样急，他要上哪儿去？

他猛地抱住吉野荣夫，像孩子似的失声痛哭。积蓄在心中多少年的悲苦与辛酸，实在无法控制了……

直升机的螺旋桨在飞快旋转，驾驶员在座舱旁边挥手催促。

森田一郎被人推过来，停在桑世杰身旁，他手卷喇叭筒，大声嚷道：

“小桑，祝你们父子早日团圆……我现在和吉野君要立即赶到东京，我们就此一别，后会有期，望你珍重……”

森田一郎说罢，转过脸去，双手抱拳向桑世杰和沈志挺举了举，然后朝直升机而去。

吉野荣夫连声道：“等忙过这一阵，我会去看你们的……后会有期……”

他边说边跑，追了上去。

直升机吼叫起来，轻盈地腾空而起，在场的人不由得转过身。待他们再看时，那架直升机已经掠过山后的黑松林，朝着万里晴空飞去，一会儿就不见踪影了。

森田实验室的工作人员又纷纷钻入水泥建筑物，停机坪只剩下默默无言的桑世杰和沈志挺。

这时，桑世杰突然有种不祥的预感，这偌大的院子像是人去楼空，变得异常冷落。他感到自己被人抛弃了，森田一郎走了，连做梦也见过多少回的吉野荣夫，像幽灵一样出现又像幽灵一样消失。他想起他和母亲当年的处境，当父亲失踪的消息传来时，他们也是这样空落落的，谁能理解他们的痛苦啊……

他拖着沉重的脚步返回客房，无精打采，坐在床头默默地抽起烟来。

沈志挺很同情地望着他，手在他肩头拍了拍，长叹一声，但一时不知从何说起。

头天晚上他和吉野荣夫谈了好久好久。十年重逢，恍如隔世，两人都很激动，也有说不完的话。十年前他驾驶“海豹”号去接希望站考察队员的情景历历在目，他很想知道他们是怎样失踪又是怎样奇迹般地生还的，没有什么问题比这个更使他困惑了。

“是富士村的长老会一手策划的。”吉野荣夫一口咬定地答道，“实际上，桑岩、哈迪姆和我逃出富士村，事后知道，这也是长老会故意安排的，他们担心希望站留守人员会采取行动，闹得全世界沸沸扬扬。他们分析，倘若桑岩和哈迪姆长久不归，希望站必定向各国通报，呼吁组织救援

行动，这样，富士村难免被人发现，就无法保守机密了，所以故意制造假象，逼得我们设法逃走，但我们却蒙在鼓里，以为他们防范疏忽，让我们钻了空子呢！”

吉野荣夫对十年前的往事记得很清楚，他接着说：“富士村长老会对我们一直不放心，他们仍然担心我们会暴露富士村的秘密。他们事先在雪地车上安装了灵敏的窃听器，于是我们回到希望站后的一举一动都在长老会的监视之下。回到希望站不到半个月，南极漫长的极夜结束了，得知我们接到‘海豹’号前来接我们回国的电报，开始准备撤离时，长老会下手了。

“要知道，富士村挖掘冰层的技术是相当先进的，他们派出工程技术人员潜入希望站附近，用很快的速度开凿出一条五百米长的隧道，一直通到希望站建筑物底下，他们精确地画出希望站的建筑分布图，知道每个队员的宿舍的准确位置。他们的手段非常高明，随时都可以将我们拖进冰隧道，神不知鬼不觉，这是我们完全没有料到的。

“在我们撤离的头几天，他们的人就隐藏在我们脚下的冰隧道里，炸药装好了，窃听装置日夜在监视我们的动静。当然，如果不是鬼使神差，我想长老会的计划是会落空的。倘若我们三人第一批乘直升机走，也许情况就不同了。不过，在撤退前夕举行的最后一次会议，宣布了分批撤离的名单，他们通过窃听器完全掌握了这个名单，所以决定按原计划行动。我后来听说，起初他们还准备了另外一套方案，那就是当直升机降落时，立即制造一起雪崩，将我们一网打尽，后来有人反对，认为没有必要，于是这个方案被放弃了。

“事情正如你知道的，当直升机接走第一批人员后，隐藏的日本人将我们三人绑架，从冰下隧道劫走，接着引爆了事先安装的爆破装置，那是一种数量很少威力却很大的高性能炸药，能将冰崖连同上面的建筑物全部摧毁，但绝对不会留下任何痕迹……”

吉野荣夫讲到这里，下意识地用手摸着脸上因冻疮留下的疤痕，他的眉骨和眼睑下面曾经冻伤很严重，所以戴着一副墨镜。他接着又解释道：

“他们这样做，对于桑岩、哈迪姆和他们的亲属，实在是对不起，但我还是想说一句，他们并不是要加害桑岩他们，只是不愿意富士村的秘密泄露出去，这也是不得已的事……”

沈志挺一听火冒三丈。“你到现在还为他们开脱，真是不可思议！什么不得已？难道为了你们日本人的利益，别人的生死就不管不顾？你这是什么混蛋逻辑！”他愤愤地说。

见沈志挺动怒，吉野荣夫自知失言，连忙“对不起对不起”说个没完，一脸的尴尬。

然而，一向忠厚待人的沈志挺没有想到，吉野荣夫虽然谈了不少真实情况，但是在关键之处遮遮掩掩，不讲实话——因为在桑岩和哈迪姆失踪的前前后后，他扮演了一个不光彩的角色。

桑世杰听沈志挺娓娓道来，心里十分焦急，十年前的陈芝麻烂谷子，他此刻已经没有兴趣。想到森田一郎和吉野荣夫一个个离他而去，将他们留在这偏僻荒凉的鬼地方，而他父亲桑岩却还没有下落，他心急火燎地站起来。

“沈船长，我现在只想知道，我爹现在究竟在哪儿？吉野不是说告诉你了吗？！”他攥住对方的手，焦急万分。

沈志挺被他攥得腕子发疼，连忙挣脱他的手，面带歉意地说：“你提醒得好，你看我光顾着说，倒把这件大事给忘了……”

桑世杰的眼睛射出两个大问号。

“据吉野讲，他和桑岩、哈迪姆是趁着富士村的混乱逃出来的。具体是怎么回事，他没有谈。他只是说，他们逃出富士村后，在冰上走了很久，遇到一艘法国的考察船，经他们央求，把他们带到了火地岛。他们离开文明大陆已经十多年，就像是外星人，对什么都不适应，别人也不理解他们。于是他们只好在那里打工干活，勉强维持生活。他们身无分文，由于没有任何可资证明的证件，他们的处境相当困难。过了不久，吉野荣夫遇到一艘日本捕磷虾的船，好歹央求船主捎他回国，船主同意了，但对于另外一个中国人和以色列人，船主拒不接受，吉野荣夫就这样回到了

日本……”

“这么说，我爹和那个以色列人还在火地岛？”桑世杰追问。

“按说，他们现在还在那儿……”沈志挺答道。

“吉野荣夫不是有很多宝石吗？为什么不把宝石变卖掉，买张船票回国呢？”桑世杰百思不得其解。

“这事我也问过他，可他说，那是富士村的财产，他不能动用，好像宝石的事连桑岩和哈迪姆也并不知道。”沈志挺说。

“这就怪了，他们为什么不和国内联系呢？打个电话很方便呀……”桑世杰喃喃自语。

他们都沉默了。这两位船长心里都明白，火地岛是南美洲最南端的一个小岛，它离北海道，离中国，实在太遥远了。

虽然知道了桑岩的下落，但是要怎么去营救呢？

沈志挺在房间里来回踱步，一筹莫展。

忽地，桑世杰问：“沈船长，你不是见过国家科技调查部的部长吗？”

“你说是谢士元？”

“对呀，为什么不把情况向他报告？”

沈志挺经他提示，如梦初醒，他从制服口袋中摸出一张名片，是谢士元的，兴奋地说：“我怎么把他给忘了，他还一再说，有什么情况随时向他报告。”

几分钟后，电波在北京—东京—汤山之间往返，北京的许多部红机电话焦躁而兴奋地叫唤起来，国家科技调查部和外交部、安全部的官员们连夜召开紧急会议。

中国驻日本大使馆收到外交部和国家科技调查部联名签署的传真，要求使馆立即协助桑世杰、沈志挺返回北京，并且一定要保证他们的安全。

与此同时，中国驻阿根廷大使馆接到外交部发来的传真：

“立即派人员赴火地岛，寻找我国南极考察队队长桑岩及以色列气象学家哈迪姆下落，并与以色列驻阿根廷大使面商。桑岩特征如下……”

五

森田一郎的心情相当矛盾，一直到上了直升机，机翼下面莽莽苍苍的黑松林和那条细如白练的隅田川从他的视线消失，他还在琢磨自己这趟东京之行是否必要。他像鸟儿爱惜羽毛一样珍惜自己的名誉，可是他的内心深处隐隐不安。他很担心，迈出这一步对于自己的名声很难说没有影响……

可是，人往往是在自相矛盾的心态中寻求心理平衡的。眼前的现实似乎没有选择的余地，他觉得任何一个日本科学家处在这样的境地，恐怕都只能像他一样孤注一掷，别无良策吧。

“也许是真的老了，遇事才会这样举棋不定，优柔寡断。”他这样安慰自己。

回到汤山的住所，他刚被人扶到正屋那张躺椅上，管家和几名助手就相继向他报告吉野荣夫到来的消息，他是五天前赶来的，说是有重要情况向他当面报告——至于什么内容，吉野荣夫不讲，大家心里也猜出了七八分。

他静静地听着他们讲话，半天没有吭声。一来，确实很累，一路颠簸，一把老骨头快要散架了。他吩咐管家放好洗澡水，他要用滚烫的温泉解解乏，恢复一点儿体力。二来，恐怕还是最主要的，他需要静下心来想想。对于吉野荣夫的出现，他是半喜半忧。毕竟是自己的学生，“死而复生”，他怎能不为之庆幸，这是他感到无限欣慰的。可是，警视厅又在追捕吉野荣夫，理由是他涉嫌宝石走私，这不免又增添了森田一郎的疑虑。他虽然不相信吉野荣夫是那样的人，可是十年光阴，人是会变的，谁知道他会有什么变化……

森田一郎泡在热气腾腾的池子里，心里依然在盘算。对吉野荣夫的出现，他似乎并不特别意外，听到海上巡逻队的警官说出吉野荣夫的行踪时，不，在这之前，当吉野荣夫在札幌雪节的电视上露面时，他就隐约有了预感，迟早吉野荣夫会来找他的，果然不出所料……

他翻来覆去想了好久，揩干身子，换上一件宽松的丝绵袍子，觉得身上轻松多了。他又将管家送来的一碗红豆粥和几样小点心送进肚里，这时自鸣钟敲了四下，是凌晨四点了。

“您要不要再睡一会儿？离天亮还有一会儿呢……”站在一旁侍候的老管家问。

“不，送我去1号会议室。通知吉野荣夫，我去那儿见他。”森田一郎精神抖擞地说。

他说的1号会议室，在停机坪后面的森田实验室里面，那是一处隐蔽的房间，从他的卧室有地道可以过去。

几分钟后，森田一郎和他的几名高级助手来到护壁板装饰的会议室，那里有围成一圈的皮沙发，柔和的灯光从房顶倾泻下来，照得每个人的脸色格外苍白。他们打着哈欠，睡眼惺松，大概是刚从被窝里被叫起来的。众人落座，吉野荣夫从门外大步流星地跑来，一见端坐在沙发的森田一郎，鼻子一酸，哽咽地说：“先生，学生想您想得好苦呀……原以为这一辈子再也见不到先生……”他说不下去，泪水夺眶而出。

森田一郎见状动了感情：“吉野君，你受苦了。中国人有句老话，叫作‘大难不死，必有后福’，你历经磨难，现在平平安安回来，我们师生又能团聚，该是值得高兴呀……”

在座的助手你一言我一语，附和着说些宽心话，会议室的气氛顿时轻松起来。

管家端上茶水，将门轻轻掩上了。

“有什么话你就说吧。”森田一郎说。

真是岁月不饶人，他从旁观察斜坐在沙发上的吉野荣夫，不由得感慨不已。他记忆里的吉野荣夫，年轻潇洒，人也长得帅，身材倒是中等个子，但眉清目秀，一双黑黑的眼睛和富有个性的下巴，透着一股初生牛犊的虎气。可是面前的他却是满脸沧桑，明显地衰老了。一头乌发早已变作一堆枯草，脸色黧黑，像是被强烈的南极紫外线镀了一层膜，最显眼的是眉骨和眼圈周围，还有放在膝盖上的那双手，留下冻伤的累累疤痕。如果自己与他在街上猛然碰面，会认不出来的。

他的一双青筋毕露的手攥着一个软皮口袋，沉甸甸的，先是放在膝盖上，觉得碍事，又将它放在沙发腿旁边。

吉野荣夫的谈话单刀直入，毫不拖泥带水，还是年轻时的脾气。

“我之所以来找先生，并不是因为警视厅到处在抓我，胡诌我是什么宝石走私犯——关于这方面的情况，后面我再说。我要说的是，先生当年最担心的事，不仅在南极已经发生，而且目前已酿成大祸，情况到了火烧眉毛的地步……”吉野荣夫话虽不多，但句句都有丰富的潜台词，在座的都是研究南极的专家，一听不禁为之动容。

“什么大祸，又是火烧眉毛，说得那样邪乎，到底是怎么一回事？谈谈具体情况吧……”森田实验室的一位冰川学家皱起眉头说。

森田一郎投来询问的目光，鼓励他说下去。

吉野荣夫于是从日本向南极移民谈起，详细介绍了富士村的规模，冰下城市的建设和市政设施。对于富士村的能源，他讲得很仔细，他谈到三万公里高空的太阳能发电站以及冰原盆地的微波接收器，正是这种太阳能转换的廉价能源给极地的漫漫长夜带来了光明，驱散了难以忍受的寒冷，并且由此诞生了极地的农业和畜牧养殖业。在南极的夏天，富士村所在的冰原都铺上了太阳能电池板，这里是一个经过人工处理的宽浅盆地，能够有效地将太阳能转化为电能，将用不完的电能贮存起来供极夜时使用，这项工程耗费了差不多二年时间……吉野荣夫以赞赏的口吻高度评价了富士村发达的科学技术，他认为在许多领域恐怕远远超过了日本本土。

对富士村的社会构成，吉野荣夫也谈了自己的印象。他说富士村表面上似乎很像传说中的乌托邦，那里主管全村事务的最高机构是村社委员会，他们的成员都是德高望重的各方面代表人物，选举产生，在居民中享有崇高威信。富士村的重大事情都要举行全民公决，他们有严密的法律程序和民主监督制度；另外在经济上也实行平均分配制，一切消费品按家庭人口免费供应，对儿童、孕妇和丧失劳动力的老人，还特别给予优惠。当然，每个人必须付出劳动，那里可不养懒汉。但是生活在其间的人才知道，真正的权力操纵在响尾蛇会的长老会手里，那是一个组织严密、等级森严、渗透到各个角落的黑社会组织。他们控制了一切，比如限制居民的通信自由和禁止到其他大陆旅行，对电视节目的严格审查等。但他也指出，这些非常措施完全是出于对富士村的安全考虑——为了在南极冰下世界生存下去，必须严守秘密，万万不能让外界知道它的存在。这大概也属于生存法则的需要吧。

吉野荣夫认为，富士村虽然并非无可指摘，但总的来说还是不错的地方，充满平等、和平、安宁的诗情画意，这里曾经是没有战争、没有案件、没有争斗的世外桃源，但是有一天，情况突然起了变化。

“一个好端端的富士村，一下子就像太阳底下的冰山，完了，塌了，全毁了……”吉野荣夫激动起来，挥动双手绝望地说。

在座的人面面相觑，惊讶不已。

“这怎么可能呢？你是不是夸大其词？”森田实验室一个四十多岁的地质学家问。

“吉野，你慢慢讲，难道富士村发生了瘟疫吗？”冰川学家插话道。

“瘟疫？你说的一点儿不错，但这是一种精神瘟疫……”吉野荣夫脸上掠过一丝冷笑。

森田一郎心头一颤，他似乎有所预感，难道吉野荣夫所说的精神瘟疫是指——

“吉野君，你带了一包什么东西？如果我猜得不错，那个袋子莫不是潘多拉的盒子，是它给富士村的世外桃源带来了灾难？”森田一郎上身前倾，目光如炬，注视着吉野荣夫，声音洪亮带着几分威严。

众人一愣，目光转向吉野荣夫脚下脏兮兮的一个软皮口袋。“潘多拉？什么宝贝？”他们窃窃私语，弄不清森田一郎的用意。

只有吉野荣夫从心底钦佩森田一郎的洞察力，一语道破天机，不愧是聪慧绝顶的前辈呀。他庄重地点点头，弯腰拎起软皮口袋，然后将它倒过来——

一刹那间，像是抖落满天的星星，无数光彩夺目、光华四射的钻石和各种宝石像瀑布一样倾泻而下，地毯上顿时堆出一座小山。

几双眼睛瞪得快要从眼窝蹦了出来，苍白的脸皮兴奋得如同喝醉了酒般红了，每个人的嘴巴都张得大大的，仿佛要一口吞掉那座小山。

他们第一次见到这样多的宝石，价值连城呀。

只有森田一郎闭上眼睛，脑袋沉重地倒在沙发靠背上，胸中长长地吐出一口闷气。

“先生，你说得一点儿不错，自从富士村发现了宝石矿，真是打开了潘多拉的盒子，那里的灾难就降临了……”吉野荣夫一边无奈地抓起一把宝石让它们从指缝中泻下去，一边说道。

“是什么时候发现宝石矿的？”森田一郎问。

“听说最初也是无意中发现的。我和那个中国人桑岩、以色列人哈迪姆，这些年成年累月被关在矿井里挖宝石，对那里的情况比较熟悉。开始建富士村时，他们为了勘测冰盖的厚度，在冰盖上钻探，在很深的冰盖底部发现了基岩有类似金伯利岩的地层，这个发现使他们激动不已。地质学家早就预言，南极大陆与非洲南部同属冈瓦纳古陆，非洲南部蕴藏丰富的高品位宝石矿带，在南极相应地区可能也有，没料想富士村就处在这条矿带上。于是长老会决定，秘密地加以开采。从那时开始，宝石矿开采了差不多快八年了……”吉野荣夫答道。

“胡闹！宝石选矿需要大量的水，而且矿区排污很难处理，南极地区怎么能开采宝石？这点常识都不懂吗？”森田一郎质问道，好像吉野荣夫是这项计划的策划者。

“是的，当时有人反对开采宝石，但长老会根本听不进去，甚至连私下议论都绝对禁止，否则的话……”

“怎么样？”

“和我们一样，抓到矿井去干活呗！”

“好一个乌托邦！”这回，森田一郎脸上浮出冷笑，“后来呢？”

吉野荣夫接着说：“宝石矿刚开始开采时，长老会信誓旦旦地向居民们宣布，所有的宝石都是集体的财产，由富士村‘国库’收藏作为建设储备基金。因为随着富士村的发展和人口不断增加，需要花费巨资从世界各地购买机器设备、船只、电器和许多南极无法生产的物资，光是运输用的船只，就是一笔相当大的开支，所以对于这一点，富士村的居民都能理解，他们是识大体顾大局的。

“实际上远不是那么一回事。人们慢慢发现，一年一年开采的宝石并没有多少放入富士村的国库，相反却进了长老会头目们和矿山工头的腰包。他们悄悄地将宝石运出去，进行走私，购买大量奢侈品供自己挥霍。宝石的开采并没有给富士村带来繁荣，仅仅富了有权有势的少数人。他们变成了一批新贵族，手里有的是钱，购买豪华轿车、游艇和高级音响……当居民们在寒冷的黑夜忙于种植庄稼时，他们往往全家老老少少到世界各地旅行，到处兜风，像阔佬一样挥金如土。他们还不惜重金雇佣保镖打手，对稍有微词的人大打出手，有的人被他们抓到矿山，干最累最重的活儿，永无出头之日……

“这时，富士村也不似当初洁白晶莹，如同水晶世界了。环境日益恶化，大量的矿山污水日复一日地排入冰盖，流入冰川，形成了一条污浊的河流。污水四溢，不仅渗入冰下城市，渗入家家户户，腐蚀了埋藏的各种管道线路，而且加剧了冰盖的融化，冰下城的设施开始遭到破坏，事故每天都有发生，不是房屋倒塌，就是道路中断，停电断水的事几乎天天都有。

“贫富的分化，导致了利益的冲突；长久积蓄的不满，最终带来了生死的搏斗。导火线是长老会一位很有权势的头头为女儿操办婚事。婚礼这天，富士村最豪华的一家五星级宾馆灯火辉煌，宾客如云，宾馆所在的那条大街岗哨林立，实行戒严，禁止行人通行，居民对此十分不满。这还不算，由于富士村电力紧张，为了保证婚礼顺利举行，新娘的父亲买通电力管理站的头头，竟然拉闸断水断电，一瞬间，全城除了宾馆之外全部陷入黑暗之中……

“这是一个可怕的信号，顿时，愤怒的人群冲上街头，埋藏在心底的火山爆发了。白发苍苍的老人、男人、女人和孩子们，自发地用不同方式宣泄自己的愤怒。他们掀翻了宾馆的宴席，身穿礼服的先生们和珠光宝气的太太小姐们抱头鼠窜，豪华的地毯被无数双脚恣意践踏，新娘的彩车被掀翻在地，燃起熊熊火焰……街头发生的混乱局面尚未平息，冰下最深处的矿井也乱作一团。矿工们捣毁了抽水机和传送带，洗劫了工头们的办公室，像洪水一样冲出层层铁丝网。富士村的矿工有一万多人，很多人是被抓来的苦役犯，接下来的几天，成群结伙的矿工们到处袭击富人的住宅，抢劫银行和超级市场的事时有发生……

“富士村陷入一片混乱，可怕的骚乱持续了几个星期。这时我和中国人桑岩、以色列人哈迪姆总算逃出矿山，找到了我的一位朋友。他叫池田茂，是长老会中最年轻的成员，人很讲义气，对长老会老家伙们的所作所为也很不满。他受命于危难之时，在大家的推举下，负责富士村的恢复和重建工作。”吉野荣夫说，“我们三人都是十年前被裹挟到富士村的，所以一致要求回国去。池田茂很理解我们的心情，答应想办法，可是富士村仅有的几条船有的被人劫持，有的毁坏无法航行，在这种情况下，池田茂劝我们自己想办法，他说目前根本没有可以支配的交通工具，建议我们设法步行穿过冰原，如果运气好，可以遇到别国的考察船。我们三人商量后，觉得这是唯一的选择。我们担心时局发生变化，到时想走恐怕也走不了了。”

吉野荣夫继续说：“当我们仓促出发时，池田茂找到我，悄悄交给我一袋宝石，他说这是富士村剩下的全部宝石，请我务必安全地带回国来。他很担心富士村的形势还将恶化，由于冬季很快要降临，富士村的粮食和食品十分匮乏。电力设施遭到破坏，短期内无法修复，居民过冬将会缺乏起码的照明和供暖，这是生死攸关的大问题。而且，病人越来越多，医院的病床已经不够用，药品也奇缺，这几天死人的数量急剧上升。池田茂希望我立即回到日本，将情况向政府报告，请求尽快地解救富士村的居民。至于这一口袋宝石，他说一定要买几条船，另外多带些食品和药品回去，他列了一个清单，要我务必快去快回……”

“原来是这样。”良久，森田一郎问，“你回国后为什么不马上和政府联系，还要拖到今天呢？”

“这能怪我吗？我从火地岛一上船，我的几个同胞就盯住了我，幸好我事先将宝石藏在厕所的水箱里，他们没有找到，但他们天天暗中监视我，弄得我提心吊胆。到了日本，我刚上岸他们就向警视厅举报，说我是走私宝石的，我又跟警察天天捉迷藏。我寻思这也不是办法，我不能成天拎着一口袋宝石东躲西藏，所以我在札幌郊外的山上找到一处隐蔽的山洞，将宝石埋藏了起来。天知道，没过几天，那里举办什么雪节，搞滑雪比赛，赛场离我藏宝石的地方不远。这可把我急坏了，我连夜冒着大雪上山，将宝石从山洞取出，缝在我的棉大衣里面。好险，等我下山时，滑雪比赛开始了，警卫人员不准我往前走，说是赛手马上经过这里。我只好待在看台上装作看比赛的观众，实际上我心急如焚，担心警察认出了我。鬼知道是怎么回事，新闻节目的摄影师偷偷地将我摄进了镜头，这样一来我再也藏不住了，所以只好连夜来找先生，我是没有一点儿办法了……”

会议室一时陷入沉寂。森田一郎闭目沉思，几名高级助手摸不透他的心思，谁也不愿开口，只有吉野荣夫在那里暗暗窥望，显出心神不宁的样子。

他拿起茶杯，润了润干渴的嗓子。

突然，森田一郎睁开眼睛，上身从沙发靠背挺起，严厉的目光直视吉野荣夫。

“吉野，你说实话，你们三人的失踪究竟是怎么回事？你事先不会不知道吧，嗯？”森田一郎厉声喝问。

吉野荣夫一愣，嘴唇翕张，但他的视线一接触森田一郎的目光，立即下意识地低下头来。

“先生，我……我不懂您的意思。”他嗫嚅道。

森田一郎的喝问使在座的人吃了一惊，他们左右顾盼，不知道究竟是怎么一回事。

“你以为你信口雌黄就可以蒙骗世人吗？！当初桑岩和哈迪姆两人冒着性命危险去救你，你却恩将仇报，伙同响尾蛇会的头目将他们劫持，用制造雪崩的手段掩盖真相，这样卑鄙的行为，骗得了别人可骗不了我呀！难道你静夜扪心自问，不会受到良心的谴责吗？”森田一郎冷笑道。

吉野荣夫神色大变，脸上的肌肉不停地抽搐起来，突然，他从沙发上溜下来，双膝着地，跪在地毯上。

森田一郎鞭辟入里的一番话，把他的假面具彻底掀开，这样不留情面使他太难堪了。他像一只受伤的狼，痛苦万状地扭曲身体，双手抱头，呜呜地抽泣起来。

“求求你，先生，请不要说了……我知道先生料事如神，没有什么事能瞒过先生……我是对不住那位中国人桑岩和以色列人哈迪姆，我对不起他们的亲人，不管把什么罪名加在我头上我都毫无怨言……可是我认为个人的屈辱没有什么，我所做的一切都是正确的，我斗胆说一句，请先生别生气，即使是先生，处在我的地位也会这样做的……”

吉野荣夫说到此，猛地昂头挺胸，像只好斗的公鸡面对森田一郎，一副绝不认错的样子。

“放肆！你既然错了还敢顶撞先生！”座中的冰川学家吼叫起来。

森田一郎冷笑道：“你说下去，我喜欢说真话的人，不愿意别人当面撒谎。你对沈志挺船长说的那些鬼话，不必在我面前重复了……”

吉野荣夫心里一惊，老师这里也是处处设下监听装置，什么都逃不过他的眼睛呀。

事到如今他觉得也没有必要再瞒下去了。

“……我不是为自己辩解，在当时的情况下，我也是不得已的，如果我不去做，富士村的长老会也不会放过我。”他咬了咬牙，说出了事件的真相。“当桑岩和哈迪姆闯入富士村时，他们的一举一动都在长老会的监视之下，他俩被关押在黑房子里的谈话，长老会知道得一清二楚。我当时被长老会找去，一方面是为了核实他俩的身份，另一方面长老会的头目正在商量对策，假惺惺地听取我的意见。他们之中，有人的确是想加害于他俩，我觉得这样做太残忍，而且担心引起国际纠纷，那样一来富士村的秘密必将暴露，岂不是事与愿违？所以我非常激动，慷慨陈词，晓以利害，说服了他们。不过，长老会非常担心富士村的秘密泄露出去，所以他们交给我一包药物，这种药物是在富士村被滥用的‘大脑忘却剂’，它能将记忆从脑海中抹去——在富士村，对于那些怀念故乡，企图离开南极的人，常常用这种药物使他们丧失记忆——长老会要我把这种称为‘DC’的药放入食物，让桑岩和哈迪姆吃下去，以使他俩忘却有关富士村的记忆。”

“你给他们吃了吗？”座中的地质学家似乎颇有兴趣，问道。

吉野荣夫点了点头：“我后来给桑岩、哈迪姆做了面条，里面的确放了DC，但我放的量不够，结果引起了麻烦……”

“怎么回事？”这回，轮到森田一郎发话了。

“是这样的。离开富士村不久，他俩药性发作，昏迷过去了。我们回到希望站，桑岩和哈迪姆一直迷迷糊糊，神志不清，说话也颠三倒四，这说明DC确实起了作用，站上其他的人不了解内情，以为他们疲劳过度，也没有特别在意，我也胡编乱造，将事情真相遮掩过去。我想只要富士村的情况不被暴露，桑岩和哈迪姆不会说出来，再过不到两个星期，我们就撤离了，到时各奔前程，这件事也就了结了。

“没有料到，桑岩这个人是个意志力非常坚强、神经异常健全的人。有天深夜他突然闯入我的卧室，站在房间里，两眼直勾勾地盯着墙上的一幅富士山的全景照片，足足看了几分钟。

“‘吉野，这是什么，这么漂亮？’他指着墙上的照片问。

“我有点莫名其妙，随口答道：‘我们日本的圣山，富士山呀，你难道不知道？’

“‘啊，富士山，富士……富士……’他嘴里默念道，突然又问，‘富士山哪里有个富士村吗？’

“我一听‘富士村’从他口中说出，不禁大惊失色，连忙掩饰地说：‘你扯到哪里去了，没听说还有个富士村，你的想象力真是太丰富了……’

“桑岩怔怔一笑，目光在我的脸上游移打量。忽然，他盯上了桌上的一张照片，那是我妻子年轻时的照片，放在木头框架的相框里。

“‘她是谁？怎么这么眼熟……’桑岩伸手拿起相框。

“这是我的疏忽，我早就应该将妻子的照片藏起来的，但这时已经来不及了。

“我急忙从他手里夺回相框，并岔开话题，‘桑君，你别开玩笑了……’

“‘不不不，我见过她，我知道，这是你妻子，我到过你家里，对不对？’桑岩颇为认真地说。

“我知道再纠缠下去，桑岩脑海中抹去的记忆说不定会恢复过来，因为DC只是一种抑制记忆的药剂，它不可能抹去所有的记忆，除非是大剂量。

“我想劝桑岩回自己的卧室休息，但他非常固执，竟然自己拉过椅子坐了下来。

“他的神情是安详的，并没有丝毫反常的表现，看来，他来找我是想商量什么事情。

“他低头沉思片刻，然后抬起眼睛，望着墙上的南极地图——在我的卧室，那张详细的地图占据了一面墙。

“‘……我们在一起共事快三年了，很快就要分手，但我还希望能够很快回来。我这些日子一直在想，南极冰盖消融的速度正在加快，这个结论似乎已有了眉目，要彻底摸清它的规律以及原因，三年的调查还短了点，还有深入调查的必要。’桑岩讲话时，他的手在那张南极地图上指指点点，他坐的椅子靠墙不远。‘喏，这一片地区，我说的是毛德皇后地的腹地，这里就是我们研究的空白，由于冰原地形复杂，气候恶劣，多少年来始终是探险家的禁区，我觉得那里实在很必要实地考察，它幅员辽阔，你是搞冰川研究的，比我更有发言权……’

“我承认，当我看见桑岩的手指始终落在地图上富士村所在的冰原，我的心情就像被人发现赃物的窃贼，禁不住一阵心惊肉跳。桑岩也许是无心的，但我总感到他是有意向我试探。

“我什么也没有说，听他侃侃而谈。他见我没有反应，便站了起来。

“‘对不起，打扰你休息了。’他说，‘不过，我诚恳地希望下一次组队时你能参加，我打算回国后提出我的设想，再组织一次考察队，我们深入到毛德皇后地的腹地，你看如何？’

“桑岩的这番话使我吃惊不小，他居然郑重地邀请我参加考察，而且和盘托出了他的打算，虽然这项计划还是虚无缥缈的事，但是我不能不感到忧虑。

“我们的谈话当时就被富士村长老会监听到了，他们的反应比我预想的还要快，这就是后来他们引发冰崩的动因。长老会这次很坚决，他们决定不能放虎归山，对桑岩和哈迪姆不是从肉体上消灭，就是劫持到富士村，总之必须使他们从外面的世界消失……”

说到这里，吉野荣夫坦然地从地毯上站起，拍了拍裤腿。

“虽然这样做是卑鄙的，我从心里也不赞成，但是为了我们日本人的利益，我以为无可厚非，我认为我是尽到了一个日本科学家的责任，不知道先生是否能够理解？”

这番话显然是给森田一郎将了一军。

森田一郎一时竟不知如何回答。他的思想十分矛盾。对于吉野荣夫的行为，他从内心深处是蔑视的，这有悖于科学家的人格，但是他又不能对他横加指责，因为日本国家的利益高于一切，这也是他始终遵循的信条。在人格与良心的天平上，民族的利益，日本的荣誉，它们的分量毕竟是超过一切的。他自己不也是同样面临这样的抉择吗？

也许，这是大和民族相同的基因所使然，他还能有什么其他的选择呢？

特别是他听到桑岩的日记被法国探险队发现的消息，不祥的预感就像心头压上了总也拂不去的阴影。听吉野荣夫说，桑岩回到希望站，很快恢复了记日记的习惯——这说明他已经战胜了DC的影响清醒过来。桑岩从富士村带回的那装在两个塑料瓶里的水样也送到实验室去了，这是吉野荣夫亲眼看见的。尤其奇怪的是，桑岩的日记是在距离希望站原址五百米处发现的，森田一郎有理由判断，这是桑岩有意扔下的，当他被劫持时偷偷地将日记扔在雪堆里，为的就是让别人发现。

森田一郎无论如何不愿见到这样可怕的现实，那就是将日本钉在历史的耻辱柱上。而桑岩的日记就是这样一枚可怕的钉子。桑岩清醒后写的日记，究竟是什么内容，他无从猜测，但他很担心富士村的真相和向南极移民的内幕被公之于世。

不仅如此，吉野荣夫的一席话，使森田一郎想得更多、更远。富士村的现状，看来比他想象的还要糟。以前，他只是从科学的角度分析移民南极的严重后果，生态恶化、污染、冰盖加速融化，从而导致全球的气候变化和自然灾害的加剧，这些已经为科学的论证所证实；而吉野荣夫所谈的情况，远远超出了技术的范畴，这里涉及的是社会科学，是人与人的利益分配和社会构成，这是他所不熟悉的领域。但他隐约感到，富士村是一次大胆的实验，其结局却证明，这是一次失败的、可悲的实验。

他对南极移民从来持反对态度，这是世所共知的。富士村实验计划的破产为他的理论提供了支撑，这是预料之中的事。可是作为一个有良心的科学家，他却不能对此无动于衷。眼下，责备、抨击、抱怨都毫无意义，也不能显示自己多么高明。他的眼前晃动着一个个在风雪中挣扎的人们。冬天，南极寒冷的冬天很快就到了。缺乏能源，缺乏食品，冰冷的屋子，冰下的城市，那将是黑暗和死亡降临的时刻。他想到那里的近百万人都是他的同胞，不能袖手旁观，他该做点什么事……否则他至死也不会安心的。

突然，他环顾左右，问道："现在是几点了？"

有助手抬起手腕，"天亮了，六点三刻"。

地下的会议室不知白天黑夜。

"啊，又是新的一天了。首相大人该起床了吧……"森田一郎自言自语道。

他伸伸双臂，感到腰背都坐麻了。

吉野荣夫和助手们不知所云，感到纳闷。

“先生，下一步该怎么办？”冰川学家问。

几双眼睛一齐注视着他。

森田一郎拍了拍手，这时管家推门而入。

“给首相官邸挂通电话，我要马上去东京，请派直升机来接我们，”他吩咐道，又转向吉野荣夫，“你也去吧，当面向首相报告，这是十万火急的军国大事，我担心富士村的情况已经藏不住了……”

“是吗？”助手们惊叫起来。

森田一郎摇摇头，苦笑道：“你们也不动脑子想想，有多少只眼睛盯着南极哟……吉野君，把宝石收拾起来吧，多好的石头啊……”

六

汽车经过五彩灯柱映照的凯旋门，驶入了灯火辉煌的香榭丽舍大道。这是巴黎最美的街道。虽然春天姗姗来迟，夜风吹来还有点凉飕飕的，但是生性爱热闹的巴黎人不管这些。华灯初上的时分，大街两旁宽阔的人行道让那些露天的咖啡座已是座无虚席。看时装表演也无须买票，漂亮的女人牵着哈巴狗、牧羊犬，穿着今年流行的时装招摇过市。夜总会开场的时间还早，但精悍的、身穿马甲的伙计正在街头兜揽生意，向行人散发宣传单……巴黎之夜就这样热闹地拉开了序幕。

桑世杰和沈志挺却没有心思观赏巴黎的夜景，他们来巴黎已经三天，连埃菲尔铁塔和卢浮宫在哪里还没有弄清楚，就一头扎在离塞纳河不远的一幢小楼里。现在，他们就像临战前夕的士兵，带着对胜利的企望和说不出的紧张，直奔他们此行的目的地——伏尔泰大饭店。用桑世杰的话来说，那里将有一场好戏。

汽车拐入伏尔泰大饭店门前的单行道，桑世杰发现连停车的位置也很难找了。偌大的停车场挤满了各种型号的豪华轿车，他只好倒车，好不容易在人行道找到一个车位。

他和沈志挺跳下车，后排座位还有个身穿灰西服的年轻人，手里拎着一只保密箱。他叫小赵，对外身份是一家公司的法语翻译，实际上他是国家科技调查部的。

小赵走出汽车，警觉地朝四处扫了一眼，发现有不少国家使馆的车子鱼贯而来。看来，今晚的这场戏还是相当棘手的，他心里想。

三个西服革履的中国人走进灯火辉煌的饭店，径直进入底层的一间大厅。今晚这里将举行一场拍卖会。

从汤山赶到东京，桑世杰听说中国驻日本大使馆为他们买好了回北京的机票，心里很恼火。“我去北京干吗？现在知道我父亲在火地岛，我要去那儿找他！”他在电话里嚷了起来。不过，等他听完对方向他说明的情况，他还是勉勉强强服从了。

使馆人员告诉他，据国家科技调查部掌握的情报，法国的一支探险队在南极找到的桑岩的日记及其他物品，并没有交给法国国家博物馆，而是转手卖给了一家拍卖行，据说是为了筹集探险经费。现在，拍卖行打算公开拍卖，所以国家科技调杳部的领导决定派他和沈船长去巴黎一趟，因为他们比较熟悉桑岩的笔迹，可以当场鉴定，不要花了钱买了假货——现在什么都是假的，可不能闹笑话。对方在电话里这样说。

因此，桑世杰他们即日来到巴黎，先期到达的小赵已事先侦察好了“敌情”，一切都做好安排，用不着他们操什么心了。

他们三人大体做了分工：小赵唱主角，买卖的事由他负责；桑世杰负责鉴定日记的真伪，这是最关键的；沈船长倒是没有具体任务，他年纪最大，老谋深算。科技调查部特别关照，遇事要请沈船长多出主意。

在桑世杰看来，完成这桩任务只是小菜一碟——用不着费多大力气，一手交钱一手交货，所以他总是交代小赵：“钱你可要多带些……”

小赵神秘兮兮地笑笑：“这个，你放心——”

可是桑世杰自己也说不清到底要花多少钱。

姜还是老的辣，沈志挺可不乐观。“拍卖的东西可没准，水涨船高，就看有没有竞争对手。”他提醒桑世杰。

桑世杰自然不敢掉以轻心。他知道巴黎之行的成败，关键在于自己能否判断日记的真伪。他估计，拍卖会不同于一般场合，他必须在很短的时间内做出判断，为此，他在动身去巴黎之前，找出桑岩留下的信件和各种笔记，这是当年母亲精心保存下来的，桑岩失踪时他年纪还小，他对桑岩的笔迹也并不十分熟悉。他把自己关在房里研究了几天，熟悉了父亲笔迹的特征，这才心里有了底。

走进灯火通明的拍卖大厅，桑世杰浓眉底下的眸子一亮，倒吸了一口气。好家伙，可以容纳二百来人的大厅人头攒动，除了前面一排贵宾席还有空位，几乎座无虚席。

他们东张西望，好不容易在中排靠边找到座位。

八点整，钟声响起，拍卖会开场了。

一个亚麻色头发的法国拍卖行主持人走上大厅前面的讲台。他手持小木槌，从容不迫地将众人的目光聚集在台上，旁边两个年轻的女助手举起了一幅毕加索的抽象派油画。会场顿时像蜂窝一样喧闹起来。人们窃窃私语，主持人亮出底价，话音刚落，买主们纷纷亮出手中的牌子，于是开始了一场竞相提价的争夺战。

当晚拍卖的艺术品几乎都是收藏家视为珍品的稀世之物，除了毕加索的传世之作，还有拿破仑在圣赫勒拿岛囚禁时用过的一套餐具，牛顿的几封未发表的亲笔信，巴尔扎克生前写给某贵妇人的情书，除此之外，在埃及卢克索帝王谷发掘的法老的金器也引起轰动，因为其中有一副镶宝石的金项圈做工非常精巧。拍卖的物品中还有中国清朝皇帝用过的鼻烟壶，另外一件武则天女皇的玉枕也令人啧啧称奇。不过，这些令人眼花缭乱的拍卖品对于桑世杰、沈志挺来说都毫无吸引力，他们待了半个小时，已是如坐针毡，浑身燥热。

“我出去遛遛……”他起身对小赵说。

“我也方便方便——”沈志挺就等他这句话，连忙站起。

他们径直来到大厅外面的大堂，各要了一杯冰镇饮料，坐在面对大门的沙发上休息。

沈志挺从卫生间出来，一个身着黑风衣的人与他擦肩而过，那人的目光在他脸上打量了半天，弄得沈志挺好生纳闷。不一会儿，穿黑风衣的人穿过大堂急匆匆地走进拍卖会场，沈志挺望着他的背影，对桑世杰说："这家伙是谁呢？像是个美国人……"

"我看今天准有一场好戏，我们得留点神。刚才我出去转了转，有很多外国使馆的车……"桑世杰说。

沈志挺压低声音道："待会儿你跟着小赵，寸步不离……我看这地方挺复杂……"凭直觉，他总觉得周围好像有人在盯梢。大厅入口附近有几个人在交头接耳，一旦沈志挺朝那边望去，他们又散开了。

巴黎是人种大杂烩的地方，西方人，东方人，阿拉伯人，黑人，白人，沈志挺也闹不清他们的国籍，反而是他们两个"老外"格外引人注目，谁走过来都要瞧上几眼。

看看时间，九点多了，他们重新回到拍卖大厅。

就在一出一进的工夫，会场最前排的贵宾席不知什么时候已经坐满了。那个刚进来穿黑风衣的人正襟危坐，在他身后不远处有几个日本人。

小赵附耳低声说："有日本大使馆的，美国大使馆和以色列大使馆都派了不少人……"

沈志挺问："那个穿黑风衣的？"

"不认识，不是美国大使馆的……"小赵答道。

这时，拍卖会的十几件稀世珍品经过一番较量已各归其主。大概是重头戏已经落下帷幕，大厅的气氛变得轻松起来，有人退席，有人走动，许多座位空出，桑世杰他们立即挤上前去。

主持人走上讲台，抬手招呼助手，只见那个金发碧眼的女助手笑吟吟地拿着一个透明的玻璃盒子款款走到台前，朝台下展示手中的拍卖品。

"女士们，先生们，现在拍卖的是一本具有科学价值的日记，这是十年前轰动世界的南极希望站失踪的科学家留下的日记，日记是考察队队长、中国科学家桑岩写的。它的价值无须我在这里多费口舌。本公司为支持南极科学事业，受卖主委托义务拍卖，不收任何手续费，拍卖的全部收入将用于南极的科学探险……”

拍卖行主持人特别强调，这次拍卖不报底价，由买主自行报价，公平竞争。

话音未落，会场如同海潮掀起，一片喧声，闪光灯闪个不停。

“安静！请安静——”主持人用小木槌敲了敲桌子。

桑世杰这时上前要求女助手打开玻璃盒，看到里面确实是一本厚厚的日记，日记本是为中国南极考察队特制的软皮簿子，字迹清晰，密密麻麻，但已经褪色，是用碳素墨水和圆珠笔写的。在日记本的扉页，有桑岩潦草的签名。

他翻了两三页，女助手挡住了他。

当他回到座位时，他朝小赵和沈志挺肯定地点点头。

睹物思人，桑世杰心中涌起难以名状的复杂感情。他想起生死不明的父亲，虽然父亲的音容笑貌深深地刻在他的记忆里，但是十年来杳无音信，他常常感到父亲这个亲切的称谓对他来说相当遥远而陌生，他无法想象父亲在南极经受的苦难，也想象不出父亲现在是什么模样。他很后悔自己没有坚持去火地岛，他是多么盼着早点和父亲见面啊？

桑世杰沉湎于纷至沓来的思绪中，这时，贵宾席上的日本人第一个亮出报价的牌子。他是个精明的小伙子，头上缠着一条白绸巾，上面是什么株式会社的汉字。

主持人喊道：“75号报价，5万美元！”

会场顿时响起一片嗡嗡声，这个庞大的金额引起了人们的纷纷议论。一本日记竟有人出手如此大方，不能不令人惊讶。

精干的“小日本”面带微笑，踌躇满志地环顾左右，似有稳操胜券的得意。

主持人在讲台前走动着，目光扫射会场，说：“还有哪位——”

话音未落，贵宾席上又有人亮出牌子，桑世杰望去，竟是穿黑风衣的人。

“好，62号报价，8万美元！”主持人兴奋地喊道。

黑风衣回眸朝趾高气扬的“小日本”瞟了一眼，目光里有明显的蔑视。无意间他的目光和小赵相遇，脸上掠过一丝不易觉察的笑容。

小赵一惊，想起来了，此人是美国中央情报局的，绰号“黑山猫”，几年前去过中国。他来这里干什么？

“小日本”忽地挺直身子，将手中的牌子举起，示威地将牌子向会场转了一圈。

“哗——”人们不约而同惊呼起来。

主持人提高嗓门喊道：“75号报价，10万美元！！”

高潮迭起，观战的人们像打了兴奋剂一样坐不住了。有人挤上前来，后面的索性站起来，连饭店的服务员也好奇地从门外望进来。

参加竞争的并不限于这两家，据小赵观察，除了日本人、美国人之外，还有以色列人、澳大利亚人和巴西人，但经过轮番提价，他们不得不中途放弃，竞争的范围逐渐缩小了。

不一会儿，底价已上升到20万美元。

那个“黑山猫”眉头皱成一团，似乎在思考对策。

“20万美元，还有没有哪位报价？”主持人举起小木槌询问。

他连问几遍，两眼扫视过贵宾席的几个买主，特地向“黑山猫”投去征询的目光。

“黑山猫”似乎横下一条心，立即像斗鸡一样亮出牌子，这回他将价码提高到25万美元。

“小日本”坐不住了，一面掏出手绢擦汗，一面用手提电话向幕后的决策者叽里咕噜地说着什么，大概是商量对策。

会场沸腾起来，像开锅一样，嘈杂的喧闹声充斥大厅。

桑世杰发现，放在讲台一旁桌子上的玻璃盒已被一块绸布蒙起来，桌子四周不知什么时候站着几个膀大腰圆的彪形大汉。

桑世杰心急火燎，几次示意小赵，小赵却不动声色。桑世杰万万没有料到，拍卖日记的竞争如此激烈，他原以为只要几千美元就可以买回日记，现在已卖到天文数字，小赵拿什么和实力雄厚的对手较量呢？

“小日本”破釜沉舟了，他显然请示了幕后的大老板，又将价码提高到30万美元。

“黑山猫”泄了气，脸色很难看，呆呆地望着天花板的吊灯。他已经没有底牌了。

这时，主持人兴奋地拿起桌上的矿泉水喝了几口，叫道：“30万，女士们先生们，还有没有哪位——”

他的目光征询着刚才竞相出价的客户，但是回报他的却是冷漠的沉默，似乎大家都无法和日本人抗衡，他们虽然令人讨厌，可是人家有钱就不得了。

主持人手中的小木槌放下又提起，等着一“槌”定音。

突然，小赵手中的牌子高举起来，像是杀得难解难分的两军之中又窜出一支军队，顿时改变了战局。

“88号报价！35万，35万美元！”主持人盯着小赵手里的牌子，嗓音沙哑地喊着。

这个数字，第一个吓着的是桑世杰，他没有想到小赵会出这样大的金额买这本日记，天知道这是什么宝物。“小日本”顿时慌了神，两只小老鼠眼睛滴溜溜乱转，不知如何是好。“黑山猫”转忧为喜，朝小赵投来赞许的目光，似乎是为他替自己报了一箭之仇而痛快。观众席却变得死一样寂静，人们认为这个中国人可能是个疯子。

“35万美元，还有没有哪位报价？”主持人再次询问。

他手中的小木槌举起，悬在半空……

所有人的心被一只无形的手拎起来，等待着最后见分晓。一本日记创下35万美元的拍卖纪录，肯定是头条新闻。

桑世杰的手里攥了一把汗，他担心还有人会提价……

但是，“小日本”没有招架之力了，不等拍卖终场，悻悻地离开座位，走出了会场……

这时，拍卖大师抖擞精神，扬起手中的小木槌，敲下石破天惊的一声巨响，拍卖品成交了。

顿时，大厅响起一片掌声，无数的目光带着复杂的心情投向缓缓站起的小赵，那位法国主持人朝他笑吟吟地招手，让他去办理手续。

这时，小赵拎着保密箱，在桑世杰的保护下向前台走去，沈志挺在离他们几步远的地方尾随而至。

突然，大厅的灯光熄灭，因为大厅是封闭的，没有一扇窗户，顿时陷入黑暗之中。会场一片混乱，人们发出惊叫声和恶作剧的口哨声。

其实，不仅是大厅内灯光熄灭，连整个伏尔泰饭店的楼上楼下也都全部陷于黑暗，小赵在原地未动，双手紧抱着小提箱，唯恐有人趁火打劫。桑世杰想起沈志挺的叮咛，寸步不敢离开小赵，用手紧紧抓住他，俩人相对而立，他睁大眼睛四下张望，无奈伸手不见五指，除了感觉到人群的混乱，什么也无法分辨。

杂沓的脚步声和惊慌失措的叫喊，加上碰倒椅子的响声交织在一起。桑世杰企图摸索着退出大厅，突然耳边掠过一阵飒飒凉风，他凭直觉感到有人从他的头顶上飞了过去。

小赵吃了一惊，下意识地蹲下身子，一只手抱着小提箱，另一只手向前向四周探索。这时又有人像出膛的子弹，“噌”的一声从桑世杰身旁蹿上前去，桑世杰险些就抓住了那人的衣襟。

黑暗中可以听见讲台方向有人轻轻地落地，有人大声喊道：“有贼，抓住他！”声音未落，传来激烈的厮打声，飞拳走脚的交锋，夹杂着桌椅摔倒的声音和什么东西被砸碎的声响，顿时乱作一团。

桑世杰回过头来朝讲台那边望去，黑暗中只见两道旋转的白光扭作一团，像迅疾的旋风，飒飒有声。他们忽离忽散，转而纠缠难分。一时间，有人呻吟，有人叫唤，有人粗声恶气地谩骂，更多的人慌不择路，在黑暗中纷纷夺门而出。

桑世杰的眼睛渐渐适应了黑暗，渐渐分辨出讲台上厮杀的是两个手段高强的武林高手，虽然看不清他们的面孔，也无从判断他们穿什么衣服，

但那一招一式，显然不是寻常之辈。可惜没有光亮，其精彩的表演绝不亚于京剧《三岔口》。

那两个来历不明的人厮打了十几分钟，其中一个突然虚晃一招，腾空而起，从人们的头上消失；而另一个也不示弱，一个前空翻，只听见会场的座椅一阵喧闹，他轻捷地踏着椅子靠背飞也似的出去了……

在场的人惊魂未定，正待摸索退场，忽地，大厅恢复光明，耀眼的灯光令人睁不开眼睛。

可是，当惊愕的桑世杰睁开眼睛时，拍卖会的台子像被龙卷风袭击的现场那样一片狼藉，桌倒椅碎，满地碎玻璃，法国的拍卖大师，还有那几个饭桶保镖都鼻青脸肿，倒在地上……

那本日记早已不翼而飞。

万幸的是，小赵手里的保密箱安然无恙。

他们乘兴而来，败兴而归，回到塞纳河畔的小楼，桑世杰大为光火："什么都不顺！连这么一档事也没办成，白跑了一趟巴黎。当初我就说不来，还不如去火地岛！"

小赵也很丧气，坐在那里发愣。他的任务就是将日记弄回国，上面指示要不惜一切代价。这下可麻烦了，他还得找警察局，托他们帮忙。他知道巴黎是各路英豪的天下，藏龙卧虎，到哪里去找线索呢？

唯有沈志挺像个没事人，从冰箱里拿出一瓶威士忌，给自己倒了一杯，加了冰块，在那里自斟自酌。

"你……还有心思？"桑世杰投去愤怒的目光，差点甩出骂人的话来。

沈志挺嘿嘿一笑，抿了一口酒："干吗都耷拉着脑袋？来，喝上一杯，庆贺庆贺……"他一反常态，嬉皮笑脸地对他们说。

小赵何等机灵，立即用异样的神情盯住老船长："你说什么？庆贺庆贺？"

沈志挺会意地点点头。

"这么说，是你？弄到了手？！"

桑世杰连忙凑过去问："沈船长，日记在你手里？"他无法相信。

这时，沈志挺从怀里掏出那本价值35万美元的日记本，在手里扬了扬。

"他们不仁，就不能怪咱们不义……这本来就是咱们中国的。"他说。

桑世杰高兴地叫了起来，一把搂住沈志挺。

他们不敢在巴黎多待，担心节外生枝，于是立即退了房间，直奔戴高乐机场。一个多小时后，他们已经在飞往北京的飞机上了……

七

几年以后的一天……

傍晚时分，一艘飘着中国国旗的三千吨货轮从大西洋进入南美洲南端一条狭窄如河流的海峡——海图上标明它叫勒梅尔水道，这艘货轮在大洋上漂泊了一个半月，停靠了南美的几个大港，卸货装货，走走停停，按照预定的航线，它的前方到达港是火地岛的乌斯怀亚港，它将要在那个小港停留三四天，卸下一批中国的羽绒制品、防寒靴之类的物品，然后装上当地的木材和铁矿石，离开这里，货轮就要踏上归程了。

一进勒梅尔水道，天气变坏了，云层低垂，大团大团的雪花，如千千万万的白蝴蝶漫天飞舞，落在甲板和船舱的顶盖上。从驾驶台望去，海峡的两岸，忽隐忽现的岛上白雪皑皑，一片银色，绵延的树林以及偶尔露出的村镇罩在雪幕中，静寂无声，渺无人迹。风不大，浪也不高，船开得十分平稳，这样反常的天气引起了船员水手的惊奇，他们当中不当班的，爬出狭小局促的船舱，纷纷跑上甲板观赏雪景——因为按照季节，这时正值南半球的夏天……

忽地，驾驶室一个值班驾驶员惊喜地对着话筒喊了起来：“船长，五兄弟山，我看见五兄弟山了！”

话筒连通前舱的船长室，不一会儿，身穿深蓝呢制服的船长风风火火地推门而入，他走到挡风玻璃前面，拿起一架高倍望远镜，朝船首右前方望去。

在他的视线之内，飘飞的雪花似乎比刚才稀疏了，逶迤的海岸依稀可辨。此时正值日落时分，阳光穿透云层的缝隙，斜照着前面一排屹立的山峰，如同舞台的灯光，四周已是暮霭沉沉，唯独那西边的一块笼罩着绚丽的晚霞。于是，他将望远镜筒对准那片云蒸霞蔚的山峰，它们一座比一座高，像是伸开的五指直指苍穹，又像是五个比肩而立的巨人，每座山峰如斧削刀劈，陡峭异常，而山谷则是堆满冰雪的深渊。山峰之巅白雪皑皑，戴着一顶尖尖的雪帽。在血也似的晚霞的映照下，五座雪峰染上一片玫瑰般的嫣红，既壮伟又妩媚，令人赞叹不已。这就是火地岛有名的五兄弟山！

那位船长拿着望远镜对准眼前的五兄弟山，久久不忍离去。直到暮色升起，霞光暗淡，那五座银光闪烁的山峰相继隐入雪花织编的帘幕之中，他才恋恋不舍地收回了目光。

“做好进港准备，通知港口，我船即将进入码头，请他们接船。”他向驾驶室的船员下达命令。

随即，他从舷梯下来，径直走上前甲板，向站立在船首的一个披着大衣的老人走去。

“什么时候到乌斯怀亚？”老人头也不回，听见脚步声便问道。

他是沈志挺，面容比前几年苍老多了，头发花白，额头的皱纹更深，但腰板还算硬朗。

船长看了看怀表，答道：“7点30分，还有一个小时。”

他是桑世杰，如今是这艘货轮的船长。这些年，他和沈志挺相依为命，仍然在继续寻找桑岩的下落——不过，这已不是国家行动，只是他们个人的行为了。

见到了梦萦魂牵的五兄弟山——这座异国的山峰，勾起了这两代人许多痛苦的回忆……

桑世杰记得在巴黎度过的惊心动魄的日子。他们巧妙地完成了任务，把桑岩那本珍贵的日记完好无损地弄到了手——这当然要归功于沈船长的一身绝技——他细心地看了那本厚厚的日记，才懂了为什么那么多人不惜代价要将它占为己有。他不懂南极的科学研究，但桑岩日记的绝大部分内容是关于这方面的，他在富士村的所见所闻后来进行了追记，记得非常详细，仅此一点就是弥足珍贵的，恐怕迄今为止也是关于富士村情况唯一的文字记录吧。

不料，当桑世杰满心喜悦地回到北京，把桑岩的日记上交之后，情况却出现了意想不到的变化。他本来以为从巴黎归来，肯定可以和父亲团聚的。因为外交官们接到传真电报，立即可以从阿根廷首都布宜诺斯艾利斯飞往火地岛，那只是三个小时的航程，比他飞往巴黎快得多。火地岛是个小地方，找到桑岩按说是不难的，这是桑世杰的想法。

也许是天意吧，寻找桑岩的事搁浅了。桑世杰和沈志挺见到国家科技调查部的部长秘书，向他打听寻找桑岩的进展情况，那位一向笑容可掬的王秘书皱着眉头，向他们通报了一个不妙的消息："真糟糕，情况有了变化，据我国驻阿根廷大使馆的报告，火地岛气候恶劣，风暴潮袭击了小岛，当地政府宣布进入紧急状态，一切航班均已取消，短期内不可能恢复，所以他们无法前往……"

当然，也许这是实情，谁也无法抗拒突然袭来的天灾。

桑世杰一听就急了。"那怎么办？是不是想想别的办法，没有飞机可以坐船呀……"他说。

"你们不要着急，我们正在通过外交途径和有关国家联系，同时我们正在密切注视火地岛那边的情况。"

"我和沈船长都有多年的驾船经验，现在救人要紧，我父亲在火地岛，人生地不熟，处境一定相当困难，我们应该马上去救他，现在耽搁一分钟都会增加一分危险……"桑世杰几乎在央求对方。

“这是个办法，看看能不能弄到一条船，我们可以先到火地岛去看一看情况。”沈志挺在一旁帮腔。

王秘书沉吟片刻：“这样吧，你们的建议我马上向部长汇报，一有消息我会立即和你们联系。”

这次见面之后，他们在北京白白耗费了一个多星期，王秘书始终没有再露面。当时，世界风云变幻，不知是出于什么考虑，等他们跑去询问时，那幢高楼的门卫竟然拒绝让他们进门，说是这是上面关照过的。

桑世杰记不清自己是怎样走出科技调查部大楼的，也记不清是怎样和沈志挺一起上了火车，辗转千里，回到沈志挺的老家——那是渤海湾的一个小岛。他在沈老简陋的房舍待了足足一个星期，竟然没有说一句话。他气昏了头，如果不是沈船长劝他，安慰他，也许他会发疯的。

当他冷静下来之后，他想到了汤山的森田一郎，想到了吉野荣夫，但是他发现，所有的人都像躲避瘟疫一样对他唯恐避之不及。国际长途电话打了一次又一次，汤山那边永远是沉默，沉默……不是没有人接电话，就是冷冰冰地回答：“对不起你拨错了号码，没有这个人。”似乎森田一郎教授永远从地球上消失了。

他不知道是森田一郎教授有意回避他，还是他本人遇到了什么麻烦。但是，有一点是可以肯定的，他从许多渠道获知，日本方面通过有效的外交手段，终于成功地封锁了富士村的消息，全世界的新闻媒体似乎串通一气，对富士村的种种情况守口如瓶。但是有一天，当他在深夜里收听短波电台的节目时，却被一个惊人的消息震动了。他叫醒了沈船长，将收音机的音量调到最高：

“……据各国南极考察站震情监测的综合分析，毛德皇后地的冰原昨天深夜发生了里氏9级的大地震，震中位置在南纬74度50分，西经2度10分，震源很浅，仅在冰盖以下2000米。智利、澳大利亚、南非等地的地震台同时监测到这次大地震。据极地卫星侦察，由于地震引发了大面积的冰崩，在南极上空形成了巨大的冰屑云，覆盖面积初步估计约有20万平方公里。至于这次地震的原因，澳大利亚南极局戴维斯教授认为，极大可能是冰震诱发的，也可能是地下火山爆发引起了地震。科学家预言，这次历史上空前的南极地震，很可能造成南极冰盖的大范围断裂，产生无数的冰山，加速冰盖的融化，对于来年全球气候的影响将是严重的……”

新闻播完，桑世杰在小屋里情绪激动地走来走去。

“明白了吧，他们说的大地震，位置就在富士村，这是骗人的鬼话，南极大陆非常稳定，从来没有发生过大地震……”桑世杰说。

沈志挺睡得迷迷糊糊，他坐起来，披了上衣。“来，给我一支烟，看来你又不让我睡了……南极地震干你屁事，你在那里起急冒火干吗？”

“你呀你……我说了半天白说了，”桑世杰又将电台广播的内容复述了一遍，“你想，哪有那么巧的事？当初他们是这样干掉希望站的，这会儿为了灭迹，又把自己的人都葬送了……”

“你是说，这地震是他们自己搞的？”沈志挺将信将疑，他双手冰凉冰凉，心里一阵发冷。

“对，希望站的情况你是知道的，他们用一点点高能炸药不就搞了一场冰崩？连专家们都信以为真。”桑世杰越想越觉得是这个道理。

提起希望站的冰崩，沈志挺记忆犹新，如果不是日本人制造了那场冰崩，他还不会蒙冤这么多年，也不会提前退休。“可那是数万活人哪，他们还天天盼着国家派船来接他们回去，给他们送粮食送寒衣……”老船长无论如何也无法接受这样严酷的现实。

桑世杰从烟盒里取出一支烟，就着沈志挺手里的烟点着了。

“太可怕了，也太残忍了！为了掩盖真相，就来个一震了之，把几万人给埋在万年冰里，你说这是不是天下奇闻？这可是本世纪最大最大的新闻呀！”桑世杰越说越激动。

沈志挺将烟头掐灭，喝了几口水碗里的冷茶，说：“小桑，天下大事不是你我管得了的，我劝你也少操这份闲心。这件事也许像你说的是人为的，可话又说回来，谁能保证不是一场天灾呢？那么多人待在南极，破坏了环境，说不定老天爷就会惩罚他们，闹一场大地震、大冰崩，听我一句话，过了年我就六十五岁了，老了，身子骨还算硬朗。我一辈子打光棍，这也是当船员的苦处，不过也好，无牵无挂。这些日子，我看你心里不好受，也不想多说。今天我把话倒出来，你要是觉得对，你就照我说的去做；你要觉得不对，你走你的路，爱干什么干什么。我呢，就在这儿钓钓鱼，过退休生活，乐得清闲……”

桑世杰见沈志挺不像说玩笑话，连忙坐下来，屏声敛息地听老船长说下去。

“俗话说，当断不断，必受其乱。我们风尘仆仆，东渡日本，西飞巴黎，忙乎了半天，总算理出头绪，理清了你父亲当初失踪的内情，这也是极不容易的事。现在情况有变，估计别人有什么考虑，又将我们拒之门外，无非是不让我们打乱他们的计划，以免走漏风声，于他们不利。这些内幕，我们恐怕永远也不会弄清楚的。不过我想，甭管怎样，我们且不必理会，我们自己有胳膊有腿，两个肩膀顶着一个脑袋，别人也管不了我们，所以，与其去央求他们，何不自力更生，自己去寻找桑岩和那位哈迪姆呢？”

沈志挺侃侃而谈，如同拨开桑世杰眼前的浓雾，使他的心胸豁然开朗，头脑也格外清醒。

“沈船长，你说怎么干，我跟着你……”桑世杰说。

“这话，当初咱们第一次见面，记得你就是这么说的。”沈志挺哈哈一笑道，“我的意思是，从今往后，不管是顺风顺水也好，逆风逆水也罢，咱们的目标不变——还是先找到你父亲再说，你看如何？”

这话说到了桑世杰的心坎里，他何尝不想立即行动，去找他父亲？可是现实问题是明摆着的，赤手空拳，他们有什么实力去遥远的火地岛呢？

沈志挺笑道：“这事说复杂也复杂，要说容易也容易。从明天起，你去搜集火地岛的情况，特别注意这次风暴潮的有关注息，越详细越好。我的任务是找船，看看有没有合适的船，跑南美航线的，凭我们的技术，不信找不到一家远洋公司。”

桑世杰一听，茅塞顿开。自己只顾怨天尤人，越想眼前越是一片漆黑，其实，退后一步，头顶一片蓝天，人生的道路往往如此。

从此，他们分头行动。桑世杰又干起了老本行，给本地一家航运公司开船，跑短程运输，以维持生活。空闲的时间，他泡在图书馆里，用电脑查询有关火地岛那次风暴潮的资料——很扫兴，世界各地的各种报刊对那次风暴潮袭击火地岛的报道都寥寥无几，令人大失所望。

沈志挺的奔走也没有多少结果。他从天津新港，上去大连，下到烟台、龙口、威海兜了一圈，托了许多过去吃航海饭的船老大打听，自己也到了好多家航运公司，得到的回答几乎是众口一词：没有去火地岛的船。

“沈船长，你打听这个干吗？难道您这把年纪还想去那个鬼地方遛遛？”一天，一个老水手觉得奇怪，问道。他们过去在一条船上待过。

沈志挺便将事情的原委告诉了他。

“是这么回事！你要是打听火地岛，有个人倒是知道，他是个英国人，前不久还在火地岛，我听他念叨过。”老水手道。

沈志挺听老水手这么讲，立即请他带路，去找那个英国人。老水手满口答应了。

次日晚上，他们在海员俱乐部见面了。那个英国人叫威廉，四十五六岁，一脸的络腮胡子，身材精瘦，他们围着一张小桌，要了几杯啤酒，便谈了起来。

“我的这位朋友听说你去过火地岛，想打听有没有去那边的船。”老水手说。

“火地岛？不，不，我不去！”大胡子英国人连声说，“这一辈子再也不想去……”

“你别弄错了，不是让你去。”老水手解释道，“是我的这位朋友要去。”

大胡子瞅了瞅沈志挺，上下打量，道：“你？你要去火地岛？是不是疯了？”

俗话说，一朝被蛇咬，十年怕井绳。大胡子之所以提起火地岛就谈虎色变，是因为他差点把命送在火地岛。

火地岛被风暴潮袭击那一次，他恰巧碰上了。那次，他开了一艘运送燃料的货船，从马尔维纳斯群岛的斯坦利港驶向火地岛的港口乌斯怀亚，这条航线他很熟悉。船是傍晚靠港的，卸完货，船停在码头的泊位，他去了海滨大道一家旅馆，他记得叫山毛榉旅馆。那是一家楼下开酒店、楼上有客房的小旅馆，来这儿的人多是路过的船员。

威廉说，乌斯怀亚是个很小的城市，沿着海滨有一条街，往上是山坡，依山建了一些一两层的房屋，上面还有一条与海滨大道平行的街，城的背后是白雪皑皑的山岭。远处是著名的五兄弟山。

“那天后半夜，我睡得迷迷糊糊，突然被电光和隆隆的雷声惊醒了，下床一看，窗外风雨交加，漆黑一片，暴雨排山倒海地倾泻而下。一阵闪电的瞬间，只见窗外大树哗哗地倒了下来，接着是房屋倒塌的声音。我一看不妙，慌忙拔腿就跑。这时耳畔人声嘈杂，只听见楼下有人喊：‘不好了，海水上岸了！’我本来是打算从楼梯下去的，这时急急忙忙从窗口跳下去，幸好后面是山坡，只是脚扭伤了，我挣扎爬起往前跑……就在这时，风暴潮像是猛兽一样从码头那边冲了上来，越过岸边的大堤，席卷了海滨大道，不用说，那些停在码头的船只遭了殃，海滨大道的房屋也无一幸免。我因为脚伤走不动，就在地势高的山坡上眼睁睁地望着房倒屋塌，这时许多居民纷纷向五兄弟山逃去，那里地势高，也有的向城后的山峰逃命，可是我实在走不动，索性在原地用一块雨布顶在头上。幸运的是，海潮冲上海滨大道后没有再往上涨，我脚下的岩石似乎是它的极限，没有倒塌……”

威廉回忆起当时可怕的情景仍然心有余悸，他说他一生经历过许多次惊险的场面，但是火地岛那次风暴潮是最恐怖、最难忘的，事先没有任何征兆，海水中夹着很多飘荡的浮冰，水温很低，许多不幸落水的人活活冻死了。

他说，还有许多居民全家老小逃到五兄弟山，以为那里安全。岂料，五兄弟山是座魔鬼的山，那天夜里，人们逃到山麓的树林，庆幸自己躲过了风暴潮的灾难，有的搭起帐篷，有的是开着家庭旅行车来的，突然五兄弟山发生冰崩，山谷中的冰川像汹涌的洪水冲了下来，没等人们清醒过来，冰雪就将他们埋葬了……

据他事后得知，山毛榉旅馆中有不少房客也是逃到五兄弟山后罹难的。

威廉提供的情况，使沈志挺和桑世杰十分沮丧。沈志挺在汤山和吉野荣夫交谈时，吉野荣夫告诉他，在乌斯怀亚时，他和桑岩、哈迪姆住的旅馆就叫山毛榉旅馆。沈志挺开始还没有听清旅馆的名称，吉野荣夫特地说明，山毛榉是当地生长十分普遍的一种寒带树木，漫山遍野都是，所以旅馆以这种树命名，他的印象特别深。

他们担心，发生风暴潮这天，桑岩、哈迪姆是否就住在山毛榉旅馆，或者他们也随居民们逃往了五兄弟山？倘若在此之前他们已迁居其他地方，或许可以躲过这场可怕的灾难；如果并非如此，那就难说了……

但是，威廉对此提供不出更多的情况，他根本不认识山毛榉旅馆的其他房客，据他说，他是很晚来山毛榉旅馆投宿的，由于困乏至极，他很快就回房间睡了，没有机会和其他人接触。第二天，风雨停了，他再去找山毛榉旅馆，除了见到旅馆老板——他是个阿根廷人——面对着一片风暴摧残后的废墟，没有见到一个房客。

桑岩和哈迪姆是死是活？谁也不知道。

打这以后，桑世杰和沈船长只好耐心等待，他们在焦虑和无奈中送走了一个又一个冬天。在这样漫长的日子里，他们听到从南极那边传来的消息也是令人忧虑的。那里的气温在上升，冰盖融化的速度正在加快；在南大洋的万顷碧波中，漂浮的冰山数量越来越多，且正在向温暖的海洋漂移；而在地球的许多陆地，有的地方洪水泛滥，有的地方连续多年不下一滴雨，风暴潮像是神出鬼没的幽灵，四处袭击岛屿和海岸，暴风雨在大地肆虐，席卷了许多本该是阳光明媚的土地……

几乎是在他们绝望之际，有一天，老水手兴冲冲地跑来告诉沈志挺，有一艘远洋货轮正在物色合适的船长，并招募船上的水手，这艘中国籍的货轮将去南美洲卸货，目的港是火地岛的乌斯怀亚。他问沈志挺："你们还想不想去那个鬼地方？"

不用说沈志挺和桑世杰是多么高兴，不管怎样，他们都要去一趟乌斯怀亚，也算是了却一桩心愿吧——只不过他们已经不抱多大的指望。

于是，他们终于有了这次乌斯怀亚之行。

当天晚上，货轮停靠在乌斯怀亚码头。桑世杰安排停当，和沈志挺结伴上岸。这才发现，威廉当初所言不虚，虽然已经过去快三年了，乌斯怀亚似乎还没有从那次风暴潮的洗劫中恢复过来。时值南半球的初夏时节，却有冷雨夹着雪花下个不停。沿着海岸延伸的一条滨海大道，以前旅馆、酒吧、咖啡馆和仓库栈房的楼房林立，热闹非凡，如今到处都是尚未清理干净的断壁残垣，积雪掩盖了它的破败，却无法掩饰它的冷落苍凉。他们默默地踏着泥泞的雨雪，从滨海大道拐向山坡，那里有些疏朗的灯火，暮色中有几家商店尚未打烊，灯光从半开的店门泻出。天气很冷，他们径直朝有灯光的地方蹒跚而行，想找个地方喝口酒暖暖身子。

他们从一家转到又一家，总算找到了一家小酒店。从亮灯的玻璃窗望进去，里面有几张油腻腻的木头桌子，七八个水手模样的人坐在柜台前的高脚凳上喝酒，里面烟雾缭绕，喧声不绝。他们推门而入，立刻有几个喝得醉醺醺的水手转过脸来，朝他们上下打量。其中一个笑嘻嘻地举着啤酒瓶，凑到桑世杰面前用英语说："喂，日本人，欢迎光临。"

"我们不是日本人，是中国人！伙计，明白吗？"桑世杰坐在柜台前的一张凳子上说。

沈志挺在一旁坐了下来。

"哇，中国人，这里从来没有见过中国人，你们是从地球那一边来的？"那个饶舌的阿根廷水手友好地拍了拍桑世杰的肩膀。

桑世杰和沈志挺没有搭理，各要了一小杯威士忌。

他们刚抿了一口，酒店角落里有人搭腔道："怎么从来没有来过中国人，有的，我的旅馆就住过一个中国人。"说这话的是一个头发卷曲、鬓角灰白的阿根廷老头。他说的是西班牙语，桑世杰这几年学过西班牙语，所以他懂，但沈志挺不知所云。

"哈哈哈，又是你的旅馆，让你的旅馆见鬼去吧，你整天都在做梦，欠我的酒钱都不还，还想开什么旅馆。"站在柜台里的老板接过话茬挖苦道。

柜台边的几个醉汉也附和地嘲笑起来。

那个阿根廷老头身上的穿着很寒酸，灰格子西服袖口已经磨破，两只皮鞋沾满泥水，裤脚上也是泥点。他佝偻着腰，蜷缩在墙角一张凳子上，手里的一只铁皮碗里已经没有酒了，但他仍然举起来，仰着脖子。

“……你们笑……笑什么？我说的是真话，那个中国人住在我的旅馆里，他……他是个好人，真正的男子汉……你们干吗不信……”老人似醉非醉，大声抗议道。

他的话，再次引起酒店里一阵哄堂大笑。

沈志挺问桑世杰：“他说啥？”

桑世杰将阿根廷老人的话翻译了一遍。

真是说者无心，听者有意。沈志挺一听，连忙用英语问柜台里的酒店老板：“他是什么人？”他指着那个可怜兮兮的阿根廷老头。

酒店老板笑了笑，说：“你是问他？他是个倒霉蛋。年轻时当过船长，有一条很不错的旅游船，结果触礁沉了，后来他开了一家旅馆，生意很红火，谁知道那年风暴潮又给毁了，跟保险公司打了好几年的官司，给他的赔款没有几个钱，所以老家伙成天喝闷酒……说起来他也是怪可怜的。”

“他开的旅馆是不是叫……”

“山毛榉，山毛榉旅馆！”老板回答得很肯定。

听见这个回答，沈志挺和桑世杰像触电一样浑身一阵战栗，没有想到目标居然被他们无意中发现了，大概因为乌斯怀亚是个巴掌大的地方吧。

桑世杰的心中却认为这是天意，苍天在上，有意为他提供父亲的线索吧。

接下来，这两个中国人随着阿根廷老头去了他的家。那是一个拥挤的小阁楼，风从门缝钻入，寒气袭人，屋里堆满破烂，可以想见主人的落魄。

这位当初山毛榉旅馆的老板名叫吉姆逊，他说他记得那个中国人桑岩，因为他们起初是三个人一同来的——他和一个日本人，还有一个以色列人。后来日本人走了，留下了他们俩。

吉姆逊将杂物挪开，腾出地方让两个中国客人坐下。

“你说得一点儿不错，那他们后来呢？”桑世杰急不可耐地问，他的一颗心快要提到嗓子眼了。

吉姆逊实际上一点儿也不糊涂，他的记忆力很好，还能说一口流利的英语，因为他年轻时也是个走南闯北的船长。“后来？后来……他们住了没多久也走了……是的，他们走了……”

“走了？那次风暴潮他们没有遇难？”桑世杰鼓起勇气问道。

吉姆逊的眼睛瞪得圆圆的，“风暴潮？你是说山毛榉旅馆被冲垮的那次？”见桑世杰频频点头，阿根廷老头摇了摇头。

“不，在此之前他们肯定走了。”吉姆逊以十分肯定的口气说。

吉姆逊说，他之所以记得很清楚，是因为那个中国人和以色列人商量走与不走时，他一直在场。他们是在旅馆的门厅谈话的。

那是一个雨后初晴的早晨，哈迪姆很早就出去了，桑岩在门厅等他。山毛榉旅馆的客人睡得晚起得也晚，所以旅馆静悄悄的，只有吉姆逊坐在柜台后面清点账目。

后来吉姆逊才知道，一大早哈迪姆去了码头。他兴冲冲地跑回来，告诉桑岩，码头有一艘以色列的破冰船要去南极考察，他已经和船长谈好，同意他们去参加考察。哈迪姆显得很兴奋，眉飞色舞，吉姆逊很久没有见到他的笑容了。

“我事先没有征求你的意见，你如果不想去也行……”哈迪姆说。

“不，你办得很漂亮，我们一定要去搞清富士村的秘密。”桑岩也很兴奋，“这些日子我想了很久，吉野荣夫为什么急急忙忙甩下我们不管，一个人离开了，我思前想后，只能有一个解释：他担心我们对富士村知道太多，泄露了富士村的秘密，所以要先行一步，赶在我们前头。所以我们有必要去毛德皇后地，查清富士村的污染对环境的破坏，取得第一手资料。我们现在手头上没有一点儿证据，难以使世人相信，因此必须亲自去一趟。”

哈迪姆是赞同桑岩的看法的，这些话他们谈论过不止一次。但是他们毕竟是有血有肉的人，刚刚回到文明世界，又要去那风雪肆虐的冰原，不能不有所顾虑。

“桑岩，你难道不想回国吗？我们离开自己的祖国已经十多年了，妻儿老小音信全无，也许他们早就以为我们不在人世……”哈迪姆一想起故乡的亲人，不禁伤感起来。

桑岩叹息一声：“是啊，我何尝不想马上回国，不过我也想过这个问题，如果我们现在回国，我相信马上会卷入麻烦，我们将会被新闻记者包围，什么事也干不成。而且，日本人也不会轻易放过我们，我们会成为他们的眼中钉，他们可以将我们关在富士村十年之久，制造了我们死亡的假象，难道就不会再一次消灭我们？所以权衡利弊，我们不如将计就计，既然我们已经在人们的视线中消失，那就让这个事实继续维持下去，等我们完成了使命再回到人间，岂不是更好？”

哈迪姆被桑岩的一番话深深打动，道：“队长，我听你的。我们犹太人本来就是一个漂泊的民族，我就跟你一道去南极漂泊吧……”

两位科学家的手紧握在一起，久久没有放开。

“好兄弟，从今以后，我们相依为命。”桑岩很动感情地说，“谁让我们选择了南极研究的职业呢！我们失去了很多很多美好的东西，但愿我们的努力能换来人类的幸福……”

吉姆逊说：“第二天一大早，他们就离开了山毛榉旅馆，他们身无分文，但留给我一件宝贝，我们两清了，谁也不欠谁的，你瞧，我还一直藏在身边……”

说罢，吉姆逊的手在内衣口袋里哆哆嗦嗦地摸了半天，摸出一个用破布包着的小包。他将破布一层一层揭开，里面竟是一颗光彩夺日的钻石。

“南极钻石！！”桑世杰和沈志挺异口同声惊呼道。

吉姆逊第一次露出了笑容，他那满脸皱纹舒展开了，笑得像个天真的孩子。

“是那个中国人给的，他说这是南极钻石，本来是要送给他妻子的，现在他觉得没有必要了……”

桑世杰吃了一惊，“我父亲怎么会说这种话？”他问。

吉姆逊抬起眼睛，小心翼翼地将那颗南极钻石包好，放进内衣里面。

“是这样的，在这之前两天，他在旅馆里挂了一次国际长途电话，只有这唯一的一次，我同意的，由我付费。他说他要给他妻子挂一个电话，电话是打给他妻子的工作单位，可是接电话的人说：单位放假没有别人，自己刚刚调来，不了解情况，好像听说他妻子早已去世了。我记得桑岩放下电话，很沮丧，他哭了……”

“天哪！还有这样的事……”桑世杰泪水夺眶而出，心情乱极了。

几天后，在乌斯怀亚卸完货的中国货轮徐徐离开码头，踏上了返航的万里征程。

天阴沉得更加厉害了，乌云在甲板上空低垂，火地岛笼罩着灰蒙蒙的浓雾，码头和后面山坡上的房屋隐而不现。桑世杰和沈志挺并肩站在驾驶台，默默地注视着勒梅尔水道两旁渐渐隐去的海岸和白雪覆盖的山岭。

他们的心情都很复杂。按照阿根廷老头吉姆逊提供的线索，桑岩和哈迪姆上了一艘以色列破冰船，重新踏上了南极考察的航程。可是，茫茫冰原，他们现在在哪里呢?

“不管怎样，我还是要找到父亲，不管还要花多少时间，跑多少地方……”桑世杰自言自语道。

沈志挺的脑海里已经思考成熟，他很有信心。

“我看，我们已经看到了曙光，桑岩他们的目标很明确，是去毛德皇后地，所以我们回国后马上向科技调查部汇报，我亲自找谢部长，我相信这一次他们是会采取行动的……”

桑世杰未置可否，他变得比以前深沉、成熟了。

猛地，桑世杰拉响了汽笛。嘹亮的汽笛声在海天之际回荡，飞向风雪弥漫的火地岛，飞向耸立云端的五兄弟山，似乎也传到了遥远的南极冰雪大陆……

汽笛长鸣，久久不息。